Knaus

K

Luciano De Crescenzo

Meine Traviata

Aus dem Italienischen
von Linde Birk

Albrecht Knaus

Die Originalausgabe erschien 1993 unter dem Titel
«Croce e delicia»
im Verlag Arnoldo Mondadori, Mailand

Umwelthinweis:
Dieses Buch und der Schutzumschlag wurden auf chlorfrei gebleichtem Papier gedruckt.
Die Einschrumpffolie (zum Schutz vor Verschmutzung) ist aus umweltschonender
und recyclingfähiger PE-Folie.

Der Albrecht Knaus Verlag
ist ein Unternehmen der Verlagsgruppe Bertelsmann

1. Auflage

Gesetzt aus Korpus Else
Satz: Filmsatz Schröter GmbH, München
Schutzumschlag: Klaus Renner unter Verwendung eines
Gemäldes von Giovanni Boldini *La marchesa Casati
con penne di pavone*, Roma, Galleria Nazionale
d'Arte Moderna (Photograph by FMR/Araldo De Luca)
Mohndruck, Gütersloh · Printed in Germany
ISBN 3-8135-1263-0

Inhalt

Vorbemerkung

Wer sind die Sterne am Filmhimmel, die großen Stars? Clark Gable, Gary Cooper, Ava Gardner, Marilyn Monroe... Außer den Sternen gibt es die Planeten (nämlich die zweiten Hauptdarsteller), die Satelliten (die Nebendarsteller, Stuntmen und Statisten) und schließlich den atmosphärischen Staub, den hinter den Kameras wirkenden ganzen Filmstab, wobei wir aber, um hier im richtigen Größenverhältnis zu bleiben, anmerken möchten, daß der atmosphärische Staub nach Aussage der Astronomen neunundneunzig Komma neunundneunzig Prozent der existierenden Materie bildet; praktisch also, obwohl unsichtbar, fast das gesamte Universum.

Der Unbekannte Soldat des italienischen Films ist in der Regel ein Individuum, das sein ganzes Leben dafür geopfert hat, den Sternen Glanz zu verleihen. Künstlerische Anerkennung bleibt ihm versagt, er bekommt nur seinen Wochensold. Aber er existiert: sein Name erscheint ja auch für Sekundenbruchteile mikroskopisch klein auf dem Nachspann, wobei allerdings außer ihm selber und seiner Mutter keiner es schafft, ihn auch zu lesen.

Er arbeitet drei, vier, acht Wochen lang intensiv, dann wird er regulär entlassen und ist bis zum nächsten Film arbeitslos. Für ihn gibt es weder Arbeitslosengeld noch sonst ein in irgendwelchen Arbeitnehmerstatuten ausgehandeltes soziales Netz, das ihn auffängt. Wenn er mit einem Film fertig ist, packt er sein Köfferchen, nimmt an einem Umtrunk mit Plastikbecherchen teil und verschwindet im Nichts. Wenn er Glück hat, taucht er auf einem anderen Set wieder auf, vielleicht hat er dann ein paar graue Haare mehr, lebt aber bestimmt immer noch in dem für die Filmwelt so typischen Provisorium.

Der «Homo cinematographicus» des italienischen Films – zynisch, illusionslos, guter Esser und schwacher Leser – drückt sich gewöhnlich im römischen Dialekt aus. Für ihn sind alle Regisseure «Dottori».

«He, Dottore, wie geht's so?»

«Gut, und Ihnen?»

«Na, was soll ich sagen: 's ist halt Krise. Das einzige Angebot, was ich habe, ist einer von diesen mies bezahlten Dokumentarfilmen. Bloß, um nicht bei meiner Alten rumzusitzen, mach ich's eben.»

Tonmeister, Bühnenarbeiter, Elektriker, Skriptgirls, Produktionsinspizienten, Aufnahmeleiter, Regieassistenten, Assistenten der Assistenten, Requisiteure, Standfotografen, Dolly-Fahrer, Maskenbildner, Kostümbildnerinnen, Kameraleute, Klappenschläger, Garderobieren und weiter: Geräuschemacher, Synchronisateure und Cutter. Ein ganzes Ameisenheer, das den italienischen Film hervorgebracht hat. Ihnen gilt mein Dank als Filmliebhaber. Ihnen widme ich dieses Buch.

L. D. C.

1
Die Garderobiere

ROSA GRIECO, einundvierzig Jahre alt, arbeitete schon seit über zwanzig Jahren beim Film: sie hatte als Kostümbildnerassistentin in einem Totò-Film der sechziger Jahre angefangen. Das waren noch schöne Zeiten gewesen (für den italienischen Film, meine ich): damals wurden zweihundert Filme im Jahr gedreht, und alle, von Fellini angefangen bis zum letzten Kameramann, hatten Arbeit! Die Totò-Filme waren Klamotten, die in drei, höchstens vier Wochen heruntergedreht wurden und bei denen für die Kostüme keine Lira vorgesehen war: man suchte in den Schränken der Schauspieler nach dem Passenden aus deren eigener Garderobe.

So kam Rosa eines Tages in das Haus von Alberto Sanna. Als dieser sah, wie sie ihm einen Knopf annähte, beförderte er sie auf der Stelle: «Ab sofort bist du meine persönliche Garderobiere», sagte er zu ihr und nahm sie von da an in sein Schlepptau. Mit Ausnahme des sexuellen Bereichs, in dem sich nichts tat, war Rosas Arbeitsfeld unbeschränkt. Sie nämlich einfach nur als seine «Garderobiere» zu bezeichnen, würde ihr keineswegs gerecht, denn sie kümmerte sich wirklich um alles: sie kleidete ihn an, kleidete ihn aus, wusch ihn, kochte ihm das Essen, fütterte ihn, trocknete ihm den Schweiß und schirmte ihn gegen seine Bewunderinnen ab (auch wenn er dies gar nicht wollte). Kurz, sie beschützte ihn von morgens bis abends und hielt sogar Wache, während er sein Mittagsschläfchen hielt, und wehe, wenn dann einer in der Nähe seines Wohnwagens ein bißchen laut redete. Mit einem Wort, Rosa war sein Kindermädchen, oder besser gesagt, seine Leibwächterin, und sie identifizierte sich so stark mit ihrer Rolle als Kagemusha, als «Schatten des Chefs», daß sie von ihnen beiden nur noch im Plural redete.

«Als wir mit *Grenzenlose Liebe* das Silberne Band bekommen haben ... Als wir im Studio Uno auftraten ... Als wir uns in Cortina das Bein gebrochen haben ...»

Selbstverständlich hatte Sanna ganz allein das Silberne Band bekommen, ebenso wie er allein im Studio Eins beschäftigt war und sich allein das Bein brach, aber Rosa hielt es nicht für nötig, sich genauer auszudrücken. «Ihr könnt sagen, was ihr wollt», meinte sie. «Ich habe mich ebensosehr oder noch mehr als er gefreut und auch ebensosehr oder noch mehr gelitten.»

Diese Identifizierung hatte sich im Laufe der Jahre noch verstärkt. So ging zum Beispiel vor jedem neuen Film immer sie und nicht etwa er zum Vertrauensarzt. Gut, es handelte sich um eine rein formelle Untersuchung, aber es ist ja schon ein Unterschied, ob man das einfach stillschweigend macht oder ob man dann auch noch überall herumerzählt: «Unsere unteren Werte sind zu hoch, und in der Herzgegend haben wir Schmerzen.»

Aber gerade bei einer dieser strengen Untersuchungen entdeckte Rosa, daß sie einen zu hohen Blutdruck und eine vergrößerte linke Herzkammer hatte.

Die Frage ist, ob Rosa wirklich in Sanna verliebt war. Ich weiß es nicht, oder zumindest bin ich mir da nicht sicher. Sicher ist nur, daß man aus einigen Eifersuchtsszenen, zu denen sie sich hinreißen ließ, diesen Schluß hätte ziehen können. Wenn sie zum Beispiel sah, daß Sanna von kleinen Mädchen umschwärmt wurde, die vielleicht nur ein Autogramm wollten, fuhr sie dazwischen wie eine Furie, verjagte sie unter Beschimpfungen und murmelte so laut, daß sie es hören konnten: «Alles Flittchen heute, diese Weiber!»

Auf der anderen Seite brachte sie Sannas Frau größte Achtung entgegen.

«Eine Klassefrau, die Signora Giovanna! Ihr hättet sehen sollen, wie sie gestern früh in der Pause ihr Proviantkörbchen verzehrte! Wie sie es aufgemacht und mit Messer und Gabel gegessen hat, gerade so, als hätte sie im Grand Hotel vor dem schönsten Lachs gesessen!»

Für diejenigen, die es noch nicht wissen sollten: das «Proviantkörbchen», das bei den Dreharbeiten verteilt wird, ist eine scheußliche Pappschachtel, die das Mittagessen enthält. Es gibt zwei Varianten: die weiße und die rote, das heißt entweder Nudeln mit Tomatensoße oder Nudeln in Butter. Vom Geschmack her sind beide gleich schlecht, vor allem, wenn sich die Mittagspause auch nur ein bißchen verzögert und alles völlig durchgeweicht ist.

Alberto Sanna nahm nie ein «Körbchen». Rosa bereitete ihm jeden Tag Punkt eins auf dem Kocher des Wohnwagens das Essen zu. In Absprache mit Signora Giovanna zwang sie ihn zu einer fettarmen Diät.

«Wir haben schon immer, schon seit dem ersten Film *Die Nacht der Träume*, einen Anflug von Gastritis gehabt», sagte sie und faßte sich an die Magengrube. «Frittiertes ist Gift für uns. Wehe, wir essen mal Kroketten, Fleischklößchen oder so Zeug. Von der Pastiera* ganz zu schweigen: wie wir da mal zwei Stück hintereinander gegessen haben, haben wir hinterher gespien wie ein Reiher!»

Sannas eigentliches Problem aber war sein Alter. Genau betrachtet war die Entscheidung etwas kühn gewesen, ihm die Rolle des Alfred in *La Traviata* anzuvertrauen. Gut, es handelte sich nur um einen Fernsehfilm, und Sannas Fangemeinde setzte sich vor allem aus Hausfrauen zusammen, aber auch Violettas Geschichte mußte zu ihrem Recht kommen, und «der junge Germont» konnte nicht von einem Schauspieler dargestellt werden, der den Sechzig näher war als den Dreißig. Für Rosa zählte dies alles allerdings nicht, denn für sie war Alberto immer schön, jung und intelligent.

Rosa war unverheiratet und lebte in einer kleinen möblierten Wohnung außerhalb des Autobahnrings ganz in der Nähe von Cinecittà. Diejenigen, die sie schon

* üppige neapolitanische Torte (Anm. d. Ü.)

von früher kannten, erzählten, daß sie vor etwa zehn Jahren mit einem gewissen Ascanio, genannt der Piranha, verlobt gewesen war, einem bergamaskischen Gebrauchtwagenhändler, der sie eines Tages, nachdem er ihr Bankkonto bis auf die letzte Lira abgeräumt hatte, sang- und klanglos sitzenließ. Die Ärmste sprach selber nie darüber. Nur wenn die Rede auf Bergamo kam, konnte sie sich nicht enthalten zu brummen: «Gräßliche Leute, diese Bergamasker, die haben kein Herz!»

Bei Dreharbeiten herrscht, vor allem, wenn sie auswärts stattfinden, immer große Langeweile. Früher oder später muß man sich zum Zeitvertreib etwas einfallen lassen, und in neun von zehn Fällen endet das damit, daß man beschließt, jemandem einen Streich zu spielen.

Der Streich, der Rosa gespielt werden sollte, war eine Idee von Mario, einem der Requisiteure, der, natürlich ein Römer, ein typischer Vertreter der Filmfauna war. Allerdings war Rosa auch ein Mensch, der geradezu dazu herausforderte, Opfer eines Streichs zu werden: sie glaubte einfach alles, was man ihr erzählte. In einem Stall von Castelfranco Veneto wollten sie ihr einmal weismachen, daß das Drehbuch die Tötung eines neugeborenen Kalbs verlangte. Sie trieben es so weit, daß Rosa einen ganzen Vormittag lang weinte, und schwenkten immer bedrohlichere Messer umher, bis sie sich schließlich dem armen Tier an den Hals hängte und wie eine Besessene schrie: «Nur über meine Leiche, nur über meine Leiche!»

Schließlich mußten sie Sanna rufen, damit er sie wieder beruhigte. So war Rosa, und so waren ihre Arbeitskollegen.

Eines Tages wird in einer Villa aus dem neunzehnten Jahrhundert am Stadtrand von Paris die Schlußszene aus *La Traviata* gedreht, jene Szene, in der Violetta in Alfreds Armen stirbt. Die Hauptdarstellerin, die französische Schauspielerin Françoise Maurier, ruht auf einem Kanapee, den entsprechend um zwanzig Jahre verjüngten Sanna zu ihren Füßen.

«Ich sterbe», haucht Violetta.

«Was sagst du da?» erwidert Alfred, wobei er sehr darauf achtet, nie im Profil zu erscheinen, damit man seine nicht ganz ebenmäßige Nase nicht sehen kann. *Aus diesem Lande wollen wir fliehen, / und ein neues Leben wird dir erblühen. / Laß uns nicht länger hier noch verweilen, / und alle Sorgen werden vergehn.*

Bei diesen letzten Worten setzt die Musik ein, und gleichzeitig schwenkt die zu diesem Zweck auf einen Dolly* montierte Kamera nach oben und weicht in einem extrem langsamen Zoom zurück. Im Hintergrund des Saales, hinter allen anderen, steht Rosa und weint: die Tränen laufen ihr übers Gesicht und tropfen eine nach der andern auf das Drehbuch herunter.

«Stopp!» schreit der Regisseur. «Stopp!»

Und wendet sich dann an Sanna.

«Also nein, Alberto, so geht das nicht: du brüllst hier

* fahrbares Stativ für eine Filmkamera

herum, als wäre Violetta im Nebenzimmer! Dabei ist sie kaum fünf Zentimeter von deinem Mund entfernt, und du schreist ihr ins Gesicht: ‹Aus diesem Lande wollen wir fliehen!› Da machst du mir doch in wenigen Sekunden die ganze Atmosphäre kaputt, die ich aufgebaut habe! Flüstern sollst du diesen Satz, den darfst du doch nicht schreien: das soll man mehr fühlen als hören.»

«Keine Sorge, man wird ihn schon nicht hören!» erwidert Alberto verärgert. «Vor allem, wenn du da die Musik unterlegst! Du hast wohl schon wieder vergessen, daß du hier kein Live-Fernsehen drehst und daß man beim Film alles machen kann, vorausgesetzt allerdings, daß man weiß, wie man einen Schneidetisch bedient!»

«Das ist meine Angelegenheit! Kümmere du dich um die Darstellung!» schreit der Regisseur. «Und wenn du es genau wissen willst, ist dein Problem auch gar nicht die Lautstärke, sondern der Ton.»

Sanna würde sich am liebsten auf ihn stürzen oder ihm wenigstens antworten: «Was verstehst denn du schon vom Film, du blöder Heini? Bist du vielleicht ein Filmregisseur? Nein? Also dann halt's Maul und geh einem nicht auf den Wecker! Weißt du überhaupt, wen du hier vor dir hast? Du hast hier Alberto Sanna vor dir, verstanden? Alberto Sanna, der 78 das Silberne Band bekommen hat. Du hingegen, du könntest vielleicht bestenfalls noch den Verkehr auf der Piazza Venezia regeln. Ach was, nicht einmal das! Denn wenn dir die Democrazia Cristiana keinen Posten verschafft, bringst du es nicht einmal zum Verkehrspolizisten!» Das war es, was er ihm am liebsten gesagt hätte, und er macht auch schon den Mund auf, als sein Blick auf Rosa fällt, der Tränen übers Gesicht laufen. So läßt er seine ganze Wut an ihr aus: «Mensch Rosa, heul doch nicht hier rum, du bringst mir ja Unglück!»

Dann, an den Stab gewandt: «Also, ich kann die nicht begreifen: das ist jetzt schon die sechzehnte Klappe, die sechzehnte, nicht die erste, und die da heult sechzehnmal!»

Hatte er nicht recht? Etwas Ernüchternderes als eine Filmkulisse kann man sich gar nicht vorstellen. Erstens einmal wird der Dialog vom Regisseur vollkommen zerhackt und dann am Schluß am Schneidetisch wieder zusammengesetzt. Außerdem hat der Schauspieler immer mindestens zehn Personen um sich, die alle irgendeine Aufgabe zu erfüllen haben: Kameraleute, Beleuchter, Regisseure, Regieassistenten und Assistenten der Regieassistenten. Dann sind da die Kameras, die Scheinwerfer, die fahrbaren Stative sowie zig andere mehr oder weniger unverzichtbare raffinierte Apparate, wie etwa der Galgen des Tonmeisters, der unerbittlich über den Köpfen der Darsteller schwebt. Ganz zu schweigen von den Kostüm- und Maskenbildnern, die sich nach jeder Klappe wie Falken auf die Schauspieler stürzen, um nochmals kurz Hand an sie zu legen, ein Härchen wieder zurechtzukämmen, ein Kostüm zurechtzuzupfen oder ihnen ein paar Tropfen Glyzerin ins Auge zu träufeln, wenn die Tränen einfach nicht von alleine kommen wollen.

«Also du bist doch wirklich nicht ganz bei Trost!» schimpft Sanna. «Ist dir denn nicht klar, daß wir hier nur einen Fernsehfilm drehen? Du glaubst doch nicht im Ernst, daß dies eine wahre Geschichte ist? Mein Gott, wie kann man nur so blöde sein?!»

«Es ist stärker als ich!» wimmert Rosa und schneuzt sich die Nase. «Ich weiß selber nicht, was mit mir los ist, das ist mir noch nie passiert.»

«Noch nie passiert?!» ruft Sanna aus und sieht in die Runde, als wolle er die ganze Truppe zum Zeugen aufrufen. «Du flennst doch hier herum, seit wir angefangen haben, diesen Scheißfilm zu drehen!»

«Es ist ja auch eine ergreifende Geschichte: das Opfer Violettas! Ich versetze mich da so hinein, daß ich glaube, selber auf diesem Bett zu liegen!»

Ehrlich gesagt hatte sich Rosa schon immer mit den Schauspielerinnen identifiziert, die Sannas Partnerinnen waren, und zwar gleichgültig, ob es sich um schöne oder häßliche Frauen handelte. Auf diese Weise war sie, seit sie beim Film arbeitete, der Reihe nach schon Herzogin, Nonne, Prostituierte und internationale Spionin gewesen.

«Als ich noch klein war», erzählte sie einmal, «habe ich mal Ingrid Bergmann als Johanna von Orléans gesehen. Also glaubt mir, als ich an dem Abend nach Hause kam, war ich knallrot. Ich hatte überall Blasen, als hätten sie auch mich bei lebendigem Leib verbrannt!»

Daß Rosa gesagt hat, sie fühle sich ganz wie Violetta, bringt den Requisiteur Mario auf den Gedanken, ihr einen Streich zu spielen. So schwierig dürfte es ja wohl nicht sein, denkt der Schuft, ihr einzureden, daß sie eine Reinkarnation der Traviata sei. Mit Hilfe einer tüchtigen Magierin müßte das doch gelingen.

«Wo willst du denn hier in Paris eine Magierin auftreiben?» wendet der, der die Klappe bedient, ein, der nicht umsonst den Beinamen Anima Nera, Schwarze Seele, trägt. «In Rom, ja, da hätte mich das nur einen einzigen Anruf gekostet.»

«Ich habe am Montmartre eine Freundin namens Henriette, die kommt mich zufällig gerade heute abend besuchen», meint Mario. «Sie hofft auf ein paar Drehtage, notfalls auch nur als Komparsin, weil sie's Geld braucht. Mit ihr könnten wir doch eine spiritistische Sitzung veranstalten. Wir erzählen der Rosa einfach, daß Henriette das beste Medium von ganz Paris ist und machen ihr danach weis, eine Reinkarnation der Violetta Valéry zu sein.»

«Das ist doch ganz unmöglich: Violetta hat ja in Wirklichkeit nie gelebt», erklärt Professore Gaslini, einer der Drehbuchautoren, der zufällig das Gespräch mitgehört hat. «Francesco Maria Piave, Verdis Librettist, hat sie erfunden, nachdem er die *Kameliendame* von Alexandre Dumas fils gelesen hatte, übrigens einen der schlechtesten Romane, die je in Frankreich geschrieben worden sind. In der *Kameliendame* heißt Violetta Marguerite Gautier.»

«Das ist doch Wurscht: dann lassen wir sie eben mit der Margerit Gotie reden!» löst Anima Nera unerschrokken das Problem.

«Aber auch Marguerite Gautier hat nie existiert», beharrt Gaslini. «Sie ist eine literarische Gestalt, die Alexandre Dumas nach dem Vorbild seiner früheren Geliebten schuf.»

«Ach, Professore, wie soll die Rosa, die in ihrem ganzen Leben einen Dreck gelesen hat, was von der literarischen Gestalt Margerit Gotie und ihrem Vorbild wissen?» erwidert Anima Nera und fährt dann, an Mario gewandt, fort: «He, Mario, deine Französin da, kann man die als Medium gebrauchen?»

«Was für 'ne Frage», versetzt Mario. «Die Henriette hat schon mal in 'nem berühmten Film ein Medium gespielt. Ich weiß jetzt nicht mehr, wie der Titel hieß, aber sie hat sogar mit Männerstimme geredet!»

«Mit Männerstimme?! Zum Totlachen», ruft Anima Nera begeistert aus. «He, Mario, weißt du noch, wie wir mal meiner Mutter Zweihunderttausend abgeknöpft haben und sie dafür mit'm Opa haben reden lassen?»

«Ja, aber die Rosa dürfen wir nicht ausnehmen!» wendet Mario in einer plötzlichen Anwandlung von Anständigkeit ein. «Wenn wir sie jetzt schon aufs Kreuz legen mit der Reinkarnation, wäre es wirklich eine Schweinerei, ihr dann auch noch Zweihunderttausend abzunehmen.»

«Ach, das kann dir doch Wurscht sein! Die gibt doch nie was aus und hat 'ne Menge Staatsanleihen.»

«Na gut», räumt Mario ein, «aber bestimmt nicht mehr als zwanzigtausend.»

«Also ich möchte mit dieser Sache nichts zu tun haben», fährt Professore Gaslini dazwischen und läuft hastig davon, um einen möglichst großen Abstand zwischen sich und diese zweifelhaften Individuen zu legen.

2
Madame Sevenet

Der scherz wird bis ins kleinste Detail vorbereitet: Giorgio Dinacci (der Ausstattungsgehilfe, der anstelle des widerspenstigen Professore Gaslini herbeigerufen wird) bringt an der Haustür Henriettes ein Schild in Jugendstilschrift an: *Madame Sevenet, Passé, présent et avenir*. Im Innern schaffen schummriges Licht, gemusterte Vorhänge und ein knappes Dutzend im Raum verstreuter Kissen jene leicht orientalische Atmosphäre, die in keinem esoterischen Ambiente fehlen darf. Ein vorschriftsmäßiges dreibeiniges Tischchen, eine Glaskugel (die umfunktionierte Deckenleuchte aus Henriettes Küche) für den Blick in die Zukunft und, besonders eindrucksvoll, ein nachgebildeter Totenkopf und eine ausgestopfte Eule aus dem Requisitenfundus für Spezialeffekte tun das übrige.

Henriette spielt ihre Rolle hervorragend: sie hat sich als Magierin zurechtgemacht – ein Zwischending zwischen einer Zigeunerin und der bösen Stiefmutter aus «Schneewittchen». Schließlich will sie einen guten Eindruck machen, da Mario ihr mindestens vier Drehtage bei der neuen Produktion versprochen hat. Rosa merkt natürlich nichts. Alles wirkt so echt und wunderbar auf sie: das Medium, die Glaskugel, das dreibeinige Tischchen, der Totenkopf und die Eule.

Sie setzen sich alle fünf um das Tischchen und bilden, wie es sich für jede spiritistische Sitzung gehört, mit den Händen eine Kette.

«*Faites la chaîne*», befiehlt Madame Sevenet.

Rosa, Mario, Anima Nera und Giorgio Dinacci gehorchen prompt.

Dennoch ist der Anfang gar nicht leicht: die Gruppe konzentriert sich nicht genügend. Anima Nera zum Beispiel kann das Lachen nicht unterdrücken: er stößt Mario mit dem Ellbogen an, damit er sich Rosa ansieht, die in der Zwischenzeit leichenblaß geworden ist. Schließlich platzt Madame Sevenet der Kragen, und sie fährt vom Stuhl hoch: «*Messieurs, je regrette, mais de cette façon il n'est pas possible de travailler. Il faut que ce Monsieur s'en aille!*» Und deutet auf Anima Nera.

«Wie, meint die das im Ernst?» protestiert dieser und sieht Mario komplizenhaft an.

«Was hat sie gesagt?» fragt Rosa, die kein Wort Französisch versteht.

«Sie hat gesagt, daß Remo hier nur Quatsch macht und rausgehen soll», antwortet Mario. Und setzt, an Henriette gewandt, hinzu: «*Madame, veuillez l'excuser: c'est la première fois que mon ami participe à une séance.*»

Anima Nera ist nun doch ein wenig sauer. Schließlich hat Henriette es ja nur seiner Zustimmung zu verdanken, daß sie ausgesucht worden ist. Wie konnte sie sich jetzt erlauben, ihn so zu behandeln? Um des lieben Friedens willen sagt er aber nichts, vor allem deshalb, weil Rosa sonst das ganze Spiel durchschauen würde, aber durch die Zähne murmelt er dann doch: «Was bildet diese blöde Kuh sich eigentlich ein? Die soll mich doch kreuzweise!»

«Also bist du jetzt endlich still!» platzt Mario ärgerlich heraus. «Könnt ihr Klappenmenschen denn nie die Klappe halten?»

Kurz und gut, die Atmosphäre für einen Kontakt mit dem Jenseits ist nicht gerade ideal.

Sie bilden noch einmal die Kette.

Nach ein paar Minuten völliger Stille fängt das Tischchen zu schwanken an: zuerst neigt es sich Mario zu, als habe der Aufnahmeleiter es mit einem Knie an sich herangezogen, dann hebt es sich um ein paar Zentimeter. Rosa erblaßt. Giorgio Dinacci starrt Mario an, wie um ihm die stumme Frage zu stellen: Hast du das Tischchen bewegt, oder ist es der Geist gewesen?

Und wenn es nun doch der Geist gewesen wäre? Vielleicht sollte man mit gewissen Dingen keine Scherze treiben, denkt Giorgio und nimmt sich innerlich vor, so etwas nicht noch einmal mitzumachen.

Scherz hin, Scherz her, Rosa wird, anders als ursprünglich besprochen, nicht mit der Seele Marguerite Gautiers, sondern mit jener Armand Duvals in Kontakt gebracht, was erhebliche Übersetzungsschwierigkeiten mit sich bringt: Madame Sevenet muß mit so tiefer Stimme reden, daß ihr Französisch fast unverständlich wird. Aber Mario läßt sich davon nicht schrecken, sondern nutzt die Gelegenheit, die weniger deutlicheren Sätze auf seine Art zu übersetzen und die Botschaften aus dem Jenseits durch persönliche Mitteilungen zu ergänzen.

«*Silence, s'il vous plaît*», bittet Madame Sevenet zum zweiten Mal.

Alle schweigen. Rosa hält den Atem an, und nach ein paar Sekunden ist das typische Knacken von Holzmöbeln zu hören.

«Wer bist du?» fragt Mario auf italienisch.

«*Je suis Armand Duval*», erwidert die Magierin fast im Bariton.

«*Avec qui voulez-vous parler?*» fragt Mario weiter, doch diesmal auf französisch.

«*Avec la femme que j'aime.*»

«*Et où est-elle, la femme que tu aimes?*»

«*Elle est ici, parmi vous.*»

Alle sehen Rosa an.

«Was ist passiert?» stammelt die Ärmste zu Tode erschrocken.

«Er hat gesagt, daß er dich liebt», erwidert Anima Nera.

«Daß wer mich liebt?» keucht Rosa, als gäbe sie gleich den Geist auf.

«Ein Geliebter aus einem früheren Leben von dir», erklärt Mario. «Als du in Paris Nutte warst.»

«Ich, eine Nutte?»

«Ja, wie die Violetta in *La Traviata*.»

«Aber Violetta war doch keine Nutte!» protestiert Rosa kläglich.

«Ja, was war sie denn dann, wenn sie keine Nutte war», fragt Mario grinsend. Und fährt fort: «Hast du dir je überlegt, was ‹traviata› heißt? Wenn du willst, erklär ich es dir: Die vom rechten Weg Abgeirrte, mit anderen Worten: Hure. Nur daß der Verdi seine Oper natürlich nicht ‹Die Hure› nennen konnte!»

Aber es bleibt keine Zeit, das Thema weiter zu vertiefen, weil nämlich das Medium oder vielmehr Armand Duval eine weitere Botschaft aus dem Jenseits sendet: *«Je vous attends depuis longtemps. Pourquoi vous êtes venue seulement aujourd'hui?»*

«Was hat er gesagt?» fragt Rosa erschrocken.

«Er will wissen», übersetzt Mario, «warum du vierzig Jahre gebraucht hast, um nach Paris zu kommen.»

«Weil ich ja gar nicht gewußt habe, daß ich Violetta bin», antwortet Rosa und fragt dann: «Wie sagt man ‹ich wußte es nicht› auf französisch?»

«Je ne le savais pas.»

«Je ne sovais pas, daß ich Violetta bin», wiederholt Rosa in noch schlechterem Französisch als dem von Mario.

«Mais cette Violetta, qui est-ce?» fragt Armand Duval verwundert, der offenbar noch nie *La Traviata* gesehen hat.

«Mensch Rosa, jetzt stell dich nicht so an!» fährt Mario ungeduldig dazwischen. «Der kennt dich als Margerit und nicht als Violetta.»

«Entschuldigen Sie *moa*», korrigiert sich Rosa sofort. «*Je suis* Margerita.»

«O Marguerite, mon amour, ne pleurez plus: vous devez boire du champagne à la nouvelle vie.»

«Was hat er gesagt?»

«Er hat gesagt, daß du uns alle in ein Luxusrestaurant zum Essen einladen mußt, mit viel Champagner.»

«Wann?»

«Nächsten Samstag, am Pigalle.»

«Gut, ich lade euch ein; aber jetzt frag ihn, ob er mich wirklich noch so liebt wie früher.»

«Frag ihn selber.»

«Und was soll ich sagen?»

«Sag: *Monsieur Duval, m'aimez-vous encore?*»

Rosa nickt und wendet sich direkt an Madame Sevenet, das heißt an Armand.

«Monsieur Duval ...»

«Oui?» antwortet das Medium.

«... m'aimez-vous encore?»

«Oui, je vous aime plus que jamais!»

Und nun geschieht etwas Unglaubliches: alle sind darauf gefaßt, daß Rosa nach diesem Kontakt mit ihrer großen Liebe in Ohnmacht fällt oder daß ihr zumindest schlecht wird, aber in Wirklichkeit wird nicht ihr schlecht, sondern der falschen Madame Sevenet. Nach dem zweiten *oui* schließt Henriette nämlich die Augen, und wenn der Ausstattungsgehilfe sie nicht am Arm festhielte, fiele sie gewiß zu Boden. Mario denkt im ersten Augenblick, daß seine Freundin alles nur spielt, aber als er dann merkt, daß sie tatsächlich ohnmächtig geworden ist, läuft er in die Küche und holt ein wenig Essig. Offenbar hat sich Henriette so in ihre Rolle als Medium versetzt, daß sie tatsächlich in Trance geraten ist.

«He, Mario, ich glaub, die Type hier geht einfach vor Hunger ein!» schließt Anima Nera mit dem sprichwörtlichen Zartgefühl des römischen Filmmenschen. «Verschaffen wir ihr Arbeit, sonst ham wir sie bald gesehn!»

In jener Nacht wird Rosa kein Auge zutun. Es ist jetzt eine ausgemachte Sache: sie ist Marguerite Gautier, vor sich und den anderen. Mario tut auch alles dazu, daß sie es glaubt. Noch auf der Treppe von Henriettes Haus sagt er zu ihr: «He, Rosa, sag doch mal ehrlich, hast du dich nicht gleich ein bißchen komisch gefühlt, wie du hier nach Paris gekommen bist?»

«Ja, das stimmt», räumt sie völlig überzeugt ein. «Wie ich den Eiffelturm gesehen habe, da hat sich in meinem Innern was gerührt, gerade so, als ob ich diesen Turm schon mal in einem früheren Leben gesehen hätte! Dabei schwöre ich dir, daß ich zum ersten Mal in Paris bin.»

Keiner der Anwesenden hat den Mut, ihr zu erklären, daß es den Eiffelturm zu Zeiten der Marguerite Gautier noch gar nicht gegeben hat. Aber auch wenn sie es ihr sagen würden, könnte das jetzt nichts mehr ändern. Sie ist so fest davon überzeugt, die wiedergeborene Gautier zu sein, daß schließlich auch die anderen in der Truppe daran glauben.

So bald wie möglich leiht sich Rosa vom Regisseur Alexandre Dumas' Roman *Die Kameliendame* und liest ihn von vorn bis hinten in einem Zug durch, um dann gleich wieder von vorn anzufangen. Sie lernt ihn praktisch auswendig, aber damit nicht genug; bei jedem kleinsten Zweifel bittet sie Mario oder Giorgio Dinacci um Erklärungen.

«Warum hat Verdi sie nicht Marguerite genannt?»

«Weil das ein viel zu langer Name ist. Beim Singen sind lange Namen hinderlich.»

«Und ich, warum heiße ich dann Rosa und nicht Marguerite?»

«Das ist doch auch ein Blumenname: Marguerite, Violetta und Rosa sind alles Blumennamen.»

«Denselben Duft verströmte die Rose, auch wenn Rose sie nicht hieße», zitiert Giorgio pathetisch.

«Wo hast du denn das her?» fragt Mario.

«Weiß nicht, aus dem Fernsehen.»

«Aber», bemerkt Rosa, «da ist was, was nicht zusammenpaßt: sowohl Marguerite als auch Violetta haben einen Haufen Männer gehabt. Und ich praktisch keinen oder vielmehr nur einen einzigen. Wie erklärt ihr euch das?»

«Alles gleicht sich früher oder später aus: so läuft das mit der Reinkarnation», erwidert Mario. «Wenn einer in einem Leben viel macht, macht er im nächsten ganz wenig. Am Ende haben alle gleich viel.»

«Ja, aber wenn man bedenkt, wie schlecht Marguerite Gautier mit der Gesundheit dran war», wendet Rosa ein, «dann müßte es mir doch eigentlich sehr gutgehen. Dabei fühle ich mich in Wirklichkeit zum Kotzen.»

«Was hast du denn?» fragt Giorgio.

«Hohen Blutdruck und Schmerzen in der Herzgegend.»

«Ach, nur das Herz! Marguerite hatte die Schwindsucht! Und dann gilt das mit der ausgleichenden Gerechtigkeit auch nur für die schönen Dinge; mit den schlimmen muß jeder selber irgendwie zurechtkommen.»

Rosa denkt einen Augenblick darüber nach und sagt dann: «Hoffen wir also aufs nächste Leben.»

3
Alberto Sanna

«Wo zum Teufel treibt sich denn die Rosa herum?» Alberto Sanna ist an jenem Morgen völlig aus dem Häuschen: Rosa ist wie vom Erdboden verschwunden, und er hat das Drehbuch verlegt, jenes persönliche Exemplar mit den Anmerkungen und all den Zeichen für Betonung und Mienenspiel. Gut, er könnte es ja auch selber suchen, aber wo? In der Villa? In den Garderoben? Im Park? Ach ja, richtig, im Park. Jetzt kann er sich wieder erinnern: am Vorabend war er mit diesem Quälgeist, dem Professore, im Park gewesen, und dort hat er es wahrscheinlich auf einer Bank liegenlassen oder am Brunnenrand oder auf dem Mäuerchen am Ende der Allee. Aber jetzt danach zu suchen würde bedeuten, in der prallen Sonne herumlaufen zu müssen, und dabei würde seine ganze Schminke zerfließen. Wenn doch wenigstens diese verfluchte Rosa hier wäre!

Gott allein weiß, was ihn das Schminken jeden Morgen kostet! Praktisch drei Stunden Schlaf, und leider nimmt das Martyrium mit fortschreitendem Alter ja immer mehr zu. Es ist jetzt soweit mit ihm gekommen, daß er sich fertig geschminkt wie eine ägyptische Mumie vorkommt, die unter einer Maske von Schminke einbalsamiert ist. Wenn Letizia, die Maskenbildnerin, ihn morgens zurechtmacht, schminkt sie ihn nicht, nein, sie modelliert ihn! Wer nie die «Straffer» appliziert bekommen hat, kann das nicht verstehen. Die Maskenbildner benutzen nämlich, um die Haut der Schauspieler zu straffen, deren eigene Haare, die sie dann mit einer Perücke oder falschen Haaren bedecken. Zuerst flechten sie ihnen nette Zöpfchen, und dann zerren sie diese, um die Haut so straff wie möglich zu spannen, plötzlich ruckartig nach hinten, was furchtbar weh tut. Nachdem er diese Prozedur nun jeden Morgen mitgemacht hat, sehen Sannas Augen schon wie die eines Chinesen aus! Diese Straffer straffen eben so, daß sie einen nicht nur am Darstellen, sondern auch am Denken hindern; man kann sich nicht mehr an seinen Text erinnern und darf nicht mehr die kleinste natürliche Bewegung machen: kein Mienenspiel also, kein Heben der Augenbrauen und vor allem kein schallendes Gelächter. Und Tränen sind absolut verboten. Dabei sind doch starke Gefühlsausbrüche immer seine Stärke gewesen! Weine, sagte früher der Regisseur, und er weinte. Lache, und er lachte. Verzweifle, und er schluchzte los wie ein Klageweib und zerkratzte sich das Gesicht mit den Fingernägeln. Und was soll er jetzt zerkratzen? Wenn er nur versucht, sein Gesicht zu berühren, hinterläßt er Spuren so tief wie die Cañons von Arizona! Wie er letzte Woche mal eine Verehrerin allzu stürmisch küßte, ging eine seiner falschen Wimpern ab und blieb an der Stirn dieser Unglückseligen kleben. Rosa hat es dann bemerkt. Ja, wo zum Teufel treibt sich denn die Rosa herum?

Außerdem war die Person des Alfred wie gesagt noch nicht einmal Dreißig, und Sanna war fast doppelt so alt. Ein Maskenbildner hat ihm eines Tages mal erklärt, daß jedes Lebensjahrzehnt, das weggeschminkt werden muß, eine Stunde kostet. Und da bei ihm für die *Traviata* achtundzwanzig Jahre weggeschminkt werden müssen, ist die Rechnung schnell gemacht: jeden Morgen dauert die Tortur zwei Stunden und fünfzig Minuten. Vielleicht hätte er die Rolle des Alfred nicht annehmen sollen. Aber wer kann sich in einer solchen Krisenperiode des italienischen Films erlauben, eine Hauptrolle abzulehnen? Und eigentlich ist es auch nicht so sehr der Altersunterschied, worunter er leidet, sondern vielmehr die Tatsache, daß das, was hier gedreht wird, kein richtiger Film fürs Kino ist, sondern nur ein Fernsehfilm. Der reine Kitsch und außerdem auch noch mit einem Regisseur, der nichts vom Film versteht. Schließlich war er immer noch Alberto Sanna, nämlich ein Schauspieler von Rang und Namen, einer, dem Federico Fellini eigenhändig das Silberne Band überreicht hat. An jenem Tag hat Rosa während der ganzen Zeremonie geweint. Ja, wo zum Teufel treibt sich denn die Rosa herum?

Dabei war die Idee des Produzenten gar nicht so schlecht: Was gab es denn Ergreifenderes als die Geschichte der *Traviata*? Im Ausland kennt man uns doch außer für

Pizza, neapolitanische Lieder und die Mafia nur für solche Melodramen. Warum sollte man daher die *Traviata* nicht auch fürs Fernsehen ausschlachten? Nun ja, wird so mancher einwenden, die Zuschauerquote ist aber jedesmal völlig abgesackt, wenn die RAI versucht hat, eine Oper zu senden. Kein Wunder, die Fernsehzuschauer verstehen doch kein Wort von den Operndialogen; vor allem der Text des Soprans geht völlig unter und gleicht oft eher aufgeregtem Hühnergegacker. So wurde die Idee geboren, die schönsten und berühmtesten Arien wie *Amami Alfredo* oder *Di Provenza il mare, il sol* zu übernehmen, den Dialog zwischen den verschiedenen Arien aber von Schauspielern sprechen zu lassen. Allerdings warf das die Frage auf, ob es besser war, die Schauspieler singen zu lassen und dabei mit Playback zu arbeiten oder aber die Sänger sprechen zu lassen. Der Produzent entschied sich für die erste Möglichkeit, und das war auch gewiß richtig so: bei einem Film muß auch das Auge befriedigt werden. Eine an Schwindsucht leidende Violetta muß zart und zerbrechlich sein und darf nicht achtzig Kilo wiegen wie die meisten italienischen Soprane. Wie soll man denn vor dem Zuschauer glaubhaft machen, daß Luciano Pavarotti aus Liebe zu Violetta den Appetit verloren hat? Besser also, ein Filmschauspieler, der wenigstens die entsprechende äußere Erscheinung bietet, singt mit Playback. Nur klappt es allerdings mit diesem vertrackten Playback auch nicht so gut, was aber gar nicht die Schuld der Schauspieler ist, sondern die jenes verflixten Librettisten Francesco Maria Piave, der sich absolut unaussprechliche Dialoge hat einfallen lassen. Wie soll man, an ein junges Mädchen gewandt, die folgenden Worte über die Lippen bringen: *Ich war bezaubert von deinem Reiz, / von deinem ganzen Wesen, / und ich entbrannte in Liebe, / liebte mit maßloser Glut*? Wer bringt es denn fertig, zu der geliebten Frau zu sagen *Ich liebe mit maßloser Glut*? Wenn dies auch nicht ihre Schuld ist, wo zum Teufel treibt sich denn die Rosa herum?

Außerdem wird er jetzt jeden Augenblick für die Szene mit dem Vater aufgerufen, einer der schwierigsten des ganzen Drehbuchs. Maurice Leblanc, der die Rolle des Germont spielt, ist ein typischer französischer Schauspieler, unsympathisch und eingebildet. Er hält sich für Wunder wen, dabei ist er nichts anderes als ein feiger Hund. Und heute, wo er die Hauptrolle hat, wird es noch schlimmer werden! *Fühlst du nicht, welch herben Schmerz / du dem Vater angetan?* Und du weißt nicht, was du mir antust, würde er ihm am liebsten antworten. Und nun ist auch noch die Rosa verschwunden: nicht, daß er sie jetzt wirklich gebraucht hätte, aber dieser Ritus, nennen wir es einmal so, den er jeden Morgen, kurz bevor er die Szene betritt, vollzieht, ist für ihn unverzichtbar geworden. Mein Gott, ja, sicher ist es Aberglaube, aber vor der Arbeit muß er Rosa einfach an den Hintern fassen. Warum? Wer soll das wissen, nicht einmal er kann es sich erklären. Wahrscheinlich ist es so, daß er durch die Berührung von Rosas Hintern in eine

Art innere Ruhe versetzt wird und auf diese Weise, was nicht zu unterschätzen ist, seinen Text nicht vergißt. Und außerdem: wer ohne Sünde ist, werfe den ersten Stein. Alle Schauspieler haben doch ihre kleinen Ticks: der eine zieht immer zuerst den rechten vor dem linken Schuh an, der andere geht nie unter dem Dolly durch, dann gibt es die, die Amuletts, Hörner, Buckel, Genitalien berühren, je mehr, desto besser. Und für ihn ist Rosas Hintern eben wie eine Art Buckel: er bringt ihm Glück. Und ist Rosa im übrigen vielleicht nicht seine persönliche Garderobiere? Muß sie ihm da nicht jeden Wunsch erfüllen? Soll man sich wundern, daß dann zu ihren Pflichten auch gehört, sich von ihm an den Hintern fassen zu lassen? Und außerdem ist Rosa ja auch einverstanden. Vor jedem seiner Auftritte dreht sie sich schon um und streckt ihm ihren Hintern entgegen, damit er sie leichter anfassen kann. Ja, aber wo zum Teufel treibt sich denn die Rosa herum?

4
Auf der Suche nach Marguerite

ROSA SITZT IN der Metro Richtung Rue d'Antin Nummer 9. Sanna müßte es eigentlich wissen, denn er hat ihr ja selber freigegeben; nur hört er eben nie zu, wenn sie etwas zu ihm sagt, und jetzt sucht er sie weiß Gott wo.

Sie ist also mit der Metro in die Stadt gefahren. Wozu? Weil sie die *Kameliendame* gelesen hat und nun unbedingt mit eigenen Augen sehen will, wie das Haus aussieht, in dem sie vor hundertfünfzig Jahren gelebt hat, als sie eine Kurtisane war und Marguerite Gautier hieß. Sie hat Dumas' Roman dabei sowie einen Stadtplan von Paris, einen Metroplan und ein kleines italienisch-französisches Wörterbuch, falls sie Passanten um eine Information bitten muß.

Wie soll sie sich in den Straßen zurechtfinden? Ganz einfach: Sie wird ihr Herz als Kompaß nehmen. Nur so wird sie nämlich den Laden der Blumenfrau Barjon finden, bei der sie jeden Tag die Kamelien gekauft hat, das Geschäft von Susse am Place de la Bourse, wo sie Armand zum ersten Mal traf, das Thermalbad von Bagnères, wo sie zur Kur war, und, warum nicht, den Friedhof von Montmartre, auf dem sie Dumas zufolge am 22. Februar 1847 begraben worden ist.

Bevor sie sich aufmachte, hat sie, wie wir wissen, den Roman immer wieder von vorn bis hinten gelesen und, damit nicht genug, die ergreifendsten Stellen rot unterstrichen und sie sogar in ein schwarz eingebundenes Heft übertragen. Jetzt in der Metro liest sie sie immer wieder, als müßte sie eine Prüfung ablegen. Diese Auszüge enthalten auch die schönsten Liebeserklärungen, die Armand Duval Marguerite macht. Was für ein Unterschied zu der Ausdrucksweise von heute! Was für ein Abgrund an Gefühlen!

Ihr Alberto, um nur einmal ein Beispiel zu nennen, ist ein grober Macho, der vor nichts und niemandem Achtung zeigt, schon gar nicht vor den Frauen. Wenn man nur bedenkt, wie er seine arme Frau behandelt. Praktisch wie eine Dienstmagd, oder nein, noch schlimmer, denn eine Dienstmagd würde schon nach fünf Minuten gehen, wenn man sie so behandelte. Dabei ist sie doch so ein feiner und zarter Mensch. Leider, seufzt Rosa, ist er beim Film so ordinär geworden: früher war er überhaupt nicht so. Vor ein paar Tagen hat er zu einem blutjungen französischen Ding, das ihn hingerissen ansah, gesagt: «He, Mädchen, dir würde ich es besorgen, kannst sicher sein!»

Ein solcher Satz wäre Armand Duval eben nie über die Lippen gekommen. Er war immer romantisch gestimmt und drückte sich sogar dann, wenn ihn die Wut überkam, sehr poetisch aus. Rosa schlägt ihr Heft auf und liest leise:

Ich gäbe zehn Jahre meines Lebens, um dir eine Stunde weinend zu Füßen liegen zu dürfen.
Hätten sie zu mir gesagt: «Heute abend ist diese Frau dein, und morgen werden sie dich töten», hätte ich es angenommen. Aber wenn sie zu mir gesagt hätten: «Zahle zehn Louis d'Or und du wirst ihr Geliebter», hätte ich es abgelehnt.
Es lag etwas Unschuldiges in dieser Frau: man ahnte hinter ihrem Laster auch die Tugend.
Als ich sie das letzte Mal sah, saß sie da, am selben Platz, und seither hatte sie noch einen anderen Liebhaber gehabt, andere Lippen hatten sich auf die ihren gepreßt. Und dennoch suchten meine Lippen die ihren, und ich spürte, daß ich sie vielleicht mehr liebte denn je zuvor.

Ganz zu schweigen von der *Romanze*, die er ihr am Ende des ersten Aktes der *Traviata* widmet:

Liebe, o Liebe, du mächtige Zauberin,
die alles Leben in dieser Welt bewegt.
Welch ein Geheimnis hält sich in dir verborgen!
Wonne, Leid und Entzücken
bringt sie dem Herzen, das ihr verfiel.

«Mein Gott», seufzt Rosa, «warum gibt es heute keine solchen Männer mehr, großzügige Männer, die sich zu schenken wissen und nicht immer nur an Sex oder ans Geld denken?»

Daß das ganze riesige Weltall von wunderbarer Liebe

bewegt würde, hatte sie sich eigentlich immer schon gedacht; warum sollte man bei all dem Leiden, das das Leben mit sich bringt, sonst überhaupt weiterleben, wenn man nicht die Hoffnung hätte, mit einer anderen Liebe und einer neuen Erregung alles noch einmal von vorne zu beginnen. *Wonne, Leid und Entzücken* singt Alfred in der *Traviata*, und da muß man ihm wohl zustimmen. Sogar Ascanio, der ja nun wirklich kein Vorbild war, hatte ihr Augenblicke der «Wonne» geschenkt. Ja, wie sollte sie die ersten Spazierfahrten im Cabriolet, den ersten Kuß in der Garage vergessen (während sie ihm half, einen Reifen zu wechseln) oder das Wochenende in Baia Domizia, wo sie sich nachts am Strand geliebt hatten und sie dann hinterher die Bronchitis bekam? Sicher, nachher war es fast nur noch ein einziges «Leid»: der gefälschte Scheck, die verpfändeten Möbel, die Kusine, die sie bei sich aufnehmen mußte und die sich als seine ehemalige Geliebte erwies, der berühmte Abschied mit dem leergeräumten Sparkonto. Was das Feingefühl betraf, war Alberto auch nicht viel besser! Aber man weiß ja, wie die Männer sind: sie wollen befehlen, und den Frauen bleibt nichts anderes übrig, als zu gehorchen. Doch alles in allem war es trotzdem noch besser, die Sklavin eines Gebrauchtwagenhändlers zu sein, als nie auf einen Kuß hoffen zu dürfen.

Die Kameliendame ist für Rosa das schönste Buch der ganzen Weltliteratur. Nun ja, besonders viele Bücher hat sie nicht gerade gelesen (genau gesagt, nur ein einziges:

Der Kuß einer Toten von Carolina Invernizio), aber auch wenn sie alle Bücher der Welt gelesen hätte, bliebe dieses für sie bestimmt immer noch das schönste und das ergreifendste. Das Opfer Marguerites, die, um die Ehe von Armands Schwester zu retten, absichtlich die Verachtung des Geliebten hervorruft, weil sie weiß, daß dies das einzige Mittel ist, ihn von ihr abzubringen, ist Rosas Meinung nach wirklich heldenhaft. Nur Jesus, Salvo d'Aquisto und wenige andere haben noch Größeres vollbracht.

Liebe, die alles Leben in dieser Welt bewegt, summt sie vor sich hin und drückt ihr schwarzes Heft ans Herz. Und da ist sie auch schon am Palais Royal, der Metrostation, an der sie umsteigen muß. Von Armands Sätzen abgelenkt, hätte sie fast vergessen, auszusteigen: sie fährt vom Sitz hoch und kann gerade noch durch einen Spalt der sich schon schließenden Türen hindurchschlüpfen. Und dabei hatte ihr Mario so nachdrücklich ans Herz gelegt: «He, Rosa, daß du bloß nicht den Palais Royal verpaßt, von da an ist dann alles so leicht, wie wenn du an der Stazione Termini bist. Du fährst einfach Richtung Fort d'Aubervilliers und steigst an der dritten Station aus: das ist die Chaussée d'Antin, da kann gar nix schiefgehn.»

Leicht gesagt. In Wirklichkeit fühlt sich die Garderobiere auf der Metrostation Palais Royal vollkommen verloren: bei all den unterirdischen Gängen und Rolltreppen, Strömen von schiebenden Büroangestellten und den Straßenmusikanten, die einen Franc haben wollen, kommt sie völlig durcheinander und landet schließlich statt in der *direction* Fort d'Aubervilliers in der entgegengesetzten Richtung ganz am andern Ende von Paris. Eine Katastrophe. Bis sie sich irgendwie wieder zurechtfindet und endlich dann doch an der ersehnten Chaussée d'Antin landet, ist der halbe Vormittag vorbei. Und dabei hätte das ganz einfach sein sollen. Nicht auszudenken, wo sie bei einer schwierigeren Strecke gelandet wäre!

Mit Gottes Hilfe befindet sie sich also nun eine Stunde später tatsächlich in der Chaussée d'Antin. Klar und deutlich steht es auf dem Straßenschild, weiß auf blau. Sie fühlt schon starkes Herzklopfen. Jetzt muß sie nur noch die Nummer 9 suchen. Sie findet sie nicht gleich, weil sie in dem anderen Straßenabschnitt liegt, der vom Boulevard Haussmann zum Boulevard des Capucines führt. Rosa überquert die breite Fahrbahn und geht ihrer ersten Enttäuschung entgegen: Nummer 9 ist gar kein Wohnhaus, sondern eine Bank, genau gesagt die Banca Commerciale Italiana, und gegenüber, genau dort, wo der äußerst eifersüchtige Armand sich verbarg, um ihren nächtlichen Wandel zu beobachten, erhebt sich noch eine Bank, die französische Außenhandelsbank. Und dabei hat sie doch sogar Kamelien gekauft, weil sie sich einen romantischen Hauseingang und einen Hof mit viel Grün vorgestellt hatte. Na ja, sollte es einen verwundern? Die Welt veränderte sich eben, und es wäre ja seltsam gewesen, wenn hier seit der guten alten Zeit Dumas' alles gleich geblieben wäre.

Inzwischen ist es Mittag, und Rosa überlegt, in einem der vielen Bistros, die den Boulevard säumen, etwas zu essen. Ideal wäre es, sich in eines der Lokale zu setzen, das die Kameliendame gern aufgesucht hatte. Dumas nennt vier davon in seinem Roman: das Café Anglais gegenüber der Maison Dorée, das Tortoni und das Café de Paris. Aber wie soll sie die finden? Die Namen haben sich doch gewiß verändert. Die einzige genaue Beschreibung ist die des Café Anglais am Boulevard des Italiens Nummer 17, aber auch dort findet sie eine Bank vor, den Crédit Lyonnais. Zum Ausgleich gibt es in dieser Gegend eine reiche Auswahl an Cafés und Restaurants. Sie wählt auf gut Glück das Grand Café des Capucines genau an der Ecke der Chaussée d'Antin und bleibt wie geblendet am Eingang stehen: einen so reich und mit goldglänzenden Gegenständen ausgestatteten Ort hat sie noch nie gesehen.

Das Café ist ein wahrer Triumph des Jugendstils: die Bilder, die Lampen, Tische, Mosaiken lassen auch nicht einen Zentimeter frei, der nicht voll durchgestylt wäre! Rosa ist überzeugt, daß Marguerite Gautier diesen Ort oft aufgesucht hat: dies hier ist ganz ihr Stil! All diese Spiegel, die Lichter, die Glastüren, die blumenumkränzten Frauen auf den Gemälden, die zu sagen scheinen: «Komm her zu uns, dies ist deine Welt: nur hier kannst du geliebt werden!» Rosa sinkt auf einen Stuhl und schließt die Augen. Sie stellt sich die Kameliendame vor, wie sie, gefolgt von einem Schwarm Verehrer, lachend eintritt: alle wollen sie, alle bitten sie um etwas.

«Marguerite, mon amour!» ruft ein Marquis aus (der natürlich schön und steinreich ist) und murmelt ihr dann ein paar Worte ins Ohr.

«Bedaure, Marquis», erwidert sie wie immer nett und lächelnd, «aber heute abend habe ich schon eine Verabredung mit dem Baron.»

«O Göttliche, wie Sie mich quälen! Lassen Sie mir wenigstens eine Hoffnung für morgen.»

«Morgen kommt, ehrlich gesagt, Toulouse-Lautrec, der ein Porträt von mir macht.»

«Toulouse-Lautrec? War der denn nicht mit Joséphine Beauharnais verabredet?»

«Ja, aber er hat abgesagt, um zu mir kommen zu können.»

Rosa träumt mit offenen Augen und ohne allzu sehr auf die Geschichte und auf Geburtsdaten zu achten: sie bringt das Erste Kaiserreich mit dem Zweiten durcheinander und verwechselt den Impressionismus mit dem Jugendstil. Das einzige, was sie ganz sicher weiß, ist, daß es früher schöner war als heute, zumindest für sie. Und außerdem, wozu braucht man die Geschichte, wenn man träumt? Vielleicht, um die Historiker nicht vor den Kopf zu stoßen? Aber wenn es einer Frau gefällt, sich vorzustellen, daß Phidias und Leonardo da Vinci um sie wetteifern, warum soll man ihr das verbieten?

«Qu'aimeriez-vous, Madame?»

Die Träumerin glaubt einen Augenblick lang, daß diese Stimme einem ihrer zahlreichen Verehrer gehört, aber dann wird ihr bewußt, daß ein Kellner des Grand

Café vor ihr steht. Im ersten Augenblick weiß sie nicht, was sie antworten soll. Sie wird rot, stammelt ein unverständliches *excusez-moi* und zieht dann ihren kleinen italienisch-französischen Berlitz aus der Tasche, um die Seite «Im Restaurant» zu suchen.

«Ist die Dame Italienerin?» fragt der Kellner, nachdem er das Wörterbuch entdeckt hat. Dann fährt er fort: «Ich bin auch Italiener, aus Ravello.»

«Oh, Gott sei Dank!» ruft Rosa aus, die ihn am liebsten umarmt hätte. «Leider kann ich kein Wort Französisch.»

«Was möchten Sie gern essen?»

«Ich weiß nicht... vielleicht einen gemischten Salat, mit verschiedenen Sachen drin, also etwas Frisches... Leichtes. Was weiß ich: einen Salat mit Karotten, Mais, vielleicht sogar ein paar Stückchen Ananas...»

«Einen *salade exotique?*»

«Ja, ja... *exotique.*»

«Sind Sie als Touristin in Paris?»

«Nein, wegen der Arbeit. Ich mache hier eine Ortsbesichtigung. Kennen Sie Alberto Sanna? Den Schauspieler? Ich bin seine persönliche Assistentin. Wir drehen gerade einen Fernsehfilm über die *Traviata*. Wissen Sie vielleicht zufällig, ob die Kameliendame oft in dieses Restaurant gekommen ist?»

«Ehrlich gesagt», erwidert der Kellner, «bin ich erst seit einem Jahr hier.»

«Ah, verstehe... dann können Sie mir wohl auch nichts über die Rue d'Antin sagen...»

«In welchem Sinne denn?»

«Im Sinne, daß diese... Rue d'Antin, von der ich gerade komme...», und deutet dabei hinaus, «die Straße war, in der im vorigen Jahrhundert die berühmte Marguerite Gautier, die Kameliendame, gewohnt hat.»

«Aber das hier», erklärt der Kellner höflich, «ist nicht die Rue d'Antin, das ist die Chaussée d'Antin.»

«Nicht die Rue d'Antin?»

«Nein, *Madame*, die Rue d'Antin ist ein Sträßchen ganz hier in der Nähe. Da können Sie, wenn Sie wollen, auch zu Fuß hin: zuerst müssen Sie durch die Rue Le Grand und dann gleich durch die Rue de Port Mahon.»

Also kann sie noch einmal von vorne anfangen! Aber irgendwie ist sie auch froh, alles noch einmal von vorne anfangen zu können: diese italienische Handelsbank hatte ihr, ehrlich gesagt, gar nicht gefallen. Es war doch geradezu unvorstellbar, daß ein Haus, in dem ein so zartes Geschöpf wie Marguerite gelebt hatte, plötzlich als Bankfiliale diente? Gut und schön, die Zeiten haben sich verändert, und heute denken alle nur ans Geld, aber es ist doch ein großer Unterschied, statt vor einer Nußbaumhaustür mit Messinggriff vor einem Bankeingang mit uniformierten Polizisten zu stehen!

Von solchen Überlegungen beflügelt, ist sie schon fünf Minuten später in der Rue d'Antin. Sie war keine Minute länger im Café des Capucines geblieben; sie hat sich beim Kellner entschuldigt, aber sie hätte einfach nicht noch auf den exotischen Salat warten können: ihr Haus, ihr mythisches Haus in der Rue d'Antin wartete auf sie.

Rosa kommt angelaufen und erlebt sogleich ihre zweite Enttäuschung: da gibt es keine Haustür und kein Eingangstor oder sonst etwas, sondern einfach nur eine Reiseagentur, eine hundsordinäre, völlig unbekannte Reiseagentur! Die Ärmste wirft einen Blick hinein und sieht eine Angestellte, die ihr zulächelt. Am liebsten hätte sie diese gefragt, ob sie vielleicht schon einmal etwas von Marguerite Gautier gehört habe, aber dann wird ihr klar, daß ihre Frage lächerlich ist, und sie geht wieder. Ein wenig enttäuscht wendet sie sich der Nummer 7 zu, dem kleinen Wohnhaus, in dem Marguerites Freundin Prudence lebte, und auch hier befindet sich zur Abwechslung eine Bank.

Also geht sie traurig auf ein Bistro zu, das sie am Ende der Straße entdeckt hat. Es heißt Le Saint Amour, die heilige Liebe, und ist ein Restaurant mit zwei Stockwerken. Sie geht ins obere Stockwerk und setzt sich auf einen kleinen Balkon, von dem aus sie die ganze Rue d'Antin, einschließlich der Nummer 9, überblicken kann. Während sie auf den Kellner wartet, läßt sie die Blütenblätter der Kamelien ins Leere fallen, genauso wie Marguerite Gautier das im siebten Kapitel macht.

5
Das Liebesnest

Die recherche, um es mit dem französischen Wort zu sagen, wird fortgesetzt. Rosa hat beschlossen, nach Bougival zu fahren, in jenes kleine Dorf, in das Marguerite und Armand vor dem turbulenten Leben in der Hauptstadt flüchteten. Um sich nicht wieder zu verirren, nimmt die Garderobiere diesmal allerdings Barbara mit, ein Mädchen aus Civitanova Marche, mit dem sie in Neuilly das Hotelzimmer teilt und das in dem Fernsehfilm die Rolle von Violettas Dienstmädchen Anina spielt.

Übrigens hat die Tatsache, daß für die Rolle der Anina eine zwanzigjährige Schauspielerin gewählt worden war, die Gemüter in der Truppe ganz schön erregt. Schließlich war diese Partie bei jeder respektablen *Traviata*-Aufführung noch immer mit einer Frau reiferen Alters besetzt worden, einem etwas dicken und plumpen Ammentyp, und über Barbara ließ sich gewiß manches sagen, aber dick und plump war sie nicht; sie war ganz im Gegenteil ein prachtvoll entwickeltes Mädchen, groß und sinnlich, sinnlicher sogar als Violetta. Wäre sie nun eine gute Schauspielerin gewesen, hätte man das ja noch hingenommen; in Wirklichkeit war dies aber ihre allererste Filmrolle. Daher blühte der Klatsch über ein Verhältnis mit Cavalier Marchetti, dem Produzenten des Fernsehfilms. Wegen Barbara war es deshalb auch zu einem heftigen Streit zwischen Marchetti und Professore Gaslini gekommen, der entsprechend der literarischen Vorlage eine mindestens fünfzigjährige Schauspielerin haben wollte. Aber man weiß ja, wie solche Geschichten enden: immer entscheidet der, der das Geld gibt. Und auf diese Weise hatte Violetta schließlich eine sexy junge Dienstmagd zur Seite, die von fidelem Charakter und vielleicht auch ebensolchem Lebenswandel war.

«Du übertreibst es wirklich, Mädchen», sagte Rosa immer wieder in mütterlichem Ton zu ihr, «ich verstehe ja, daß du dich mit dem Produzenten einlassen mußtest, aber laß doch wenigstens die von der Crew in Ruhe.»

«Was mache ich denn so Schlimmes?» protestierte sie.

«Was du Schlimmes machst? Mein liebes Kind, ich kriege das doch ganz genau mit. Hier klingelt jeden Abend das Telefon, als wären wir die Telefonzentrale des Hotels. Da muß es doch wohl einen Grund geben, wenn die Anrufe immer dir gelten und nie mir. Paß bloß auf, sag ich dir, denn wenn der Cavalier Marchetti davon Wind bekommt, stehst du gleich wieder auf der Straße und kannst sehen, wo du bleibst!»

Bougival liegt nur wenig außerhalb von Paris; man könnte es sogar mit der Metro erreichen, aber Rosa hat noch so genug von ihrem Abenteuer letzte Woche, daß sie jetzt lieber ein Taxi nimmt. Außerdem ist es Samstag und wunderbares Wetter, richtig frühlingshaft, da will sie endlich auch einmal sehen, wie Paris über der Erde aussieht. Soll es ruhig ein paar hundert Francs kosten, schließlich ist das Geld auch dazu da, daß man es ausgibt, und wenn man es gern ausgibt, bereut man das auch nie.

«*Je vous dépose où?*» fragt der Taxichauffeur nach einer guten halben Stunde Fahrt.

«Was hat er gesagt?»

«Er will wissen, wohin du willst», übersetzt Barbara, die Sprachen studiert hat, bevor sie zum Film ging.

«Nach Bougival», erwidert Rosa.

«*A Bougival nous y sommes, quelle rue cherchez-vous au juste?*»

«Er hat gesagt, daß wir schon in Bougival sind», klärt sie Barbara auf. «Jetzt will er die genaue Stelle wissen.»

«Wo der Fluß den Bogen macht», lautet die eher unsichere Antwort der Garderobiere.

Dic Beschreibung ist so ungenau, daß der Taxichauffeur schließlich mitten auf einer Brücke stehenbleibt. Sollen die beiden ihren Flußbogen doch selber suchen, scheint er damit sagen zu wollen, er hat es doch nicht nötig, hier auf Schatzsuche zu gehen ... schließlich ist er ein Pariser Taxifahrer!

Aber Rosa läßt sich nicht so leicht einschüchtern: sie holt ihre Bibel aus der Tasche und liest aus dem sechzehnten Kapitel, in dem Dumas die Ankunft der beiden Liebenden beschreibt, laut vor:

Wir stiegen bei der Witwe Arnoud ab. Vom Garten aus, der sich auf der Höhe des üblichen ersten Stockwerks erhebt, genießt man einen wunderbaren Ausblick. Zur Linken schließt der Aquädukt von Marly den Horizont, zur Rechten wandert der Blick von Hügel zu Hügel, und der Fluß, an dieser Stelle fast ohne Strömung, schlängelt sich als breites, weißschimmerndes Band zwischen der Ebene von Gabillons und der Insel von Croissy durch, die vom Rauschen ihrer alten Pappeln und dem Gemurmel der Weiden unaufhörlich gewiegt wird ...

«Also ich sehe hier keine Weiden», wirft Barbara ein, die es ehrlich gesagt schon bereut, ihren Samstag geopfert zu haben, um Rosa zu begleiten.

«Die sind wahrscheinlich eingegangen, aber die Hügel, die gibt es, und der Fluß ist auch da, der *sich wie ein breites, weißschimmerndes Band hindurchschlängelt*», beharrt Rosa, völlig überzeugt, daß dies die richtige Stelle ist. Und um ihre These glaubhafter zu machen, fügt sie noch hinzu: «Schau, wie das Wasser sich hier staut!»

«Du meinst, es staut sich?» fragt Barbara zweifelnd. «Mir scheint eher, daß es fließt.»

«Je nachdem: an den Tagen mit Hochwasser fließt es, an den anderen staut es sich. Offenbar war an jenem Tag, als Dumas hier war, kein Hochwasser.»

«Na ja.»

«Gehen wir aber jetzt an die Stelle, die der Roman beschreibt, wo rechts die Hügel liegen und links der Aquädukt ist, vielleicht kann man von dort aus was sehen.»

«Und wo ist denn dieser Aquädukt?» fragt das Mädchen und blickt sich um, aber Rosa antwortet nicht: sie geht ans Ende der Brücke und steigt dann die Böschung hinab.

Die zwei Frauen bleiben am Rande des Wassers stehen, bemerken von dort aus aber, daß sie zu weit heruntergestiegen sind, um die Häuser am gegenüberliegenden Ufer sehen zu können. Alles, was sie sehen, ist die dichte Vegetation am Fluß. Also beschließen sie, die Böschung wieder hinaufzusteigen. Und von dort aus können sie, nachdem sie auf ein Mäuerchen gestiegen sind, eine Häuserreihe erkennen.

«Eines von den Häusern da muß ihr Liebesnest gewesen sein!» seufzt Rosa.

«Gut, aber welches?»

«Da müßte man die Anwohner fragen.»

«Ja, was willst du die denn fragen?» entgegnet Barbara mit einem ironischen Lächeln. «Entschuldigen Sie, wissen Sie vielleicht, wo das Liebesnest ist?»

«Natürlich nicht», erwidert Rosa. «Aber ich kann sie doch fragen, ob sie vielleicht die Nachkommen der Witwe Arnoud kennen.»

«Wer ist denn die Witwe Arnoud?»

«Das war ihre Hauswirtin.»

Barbara entdeckt mit scharfem Blick ein kleines weißes Haus, das sich von den übrigen abhebt: es ist ein Gasthaus. Sie kann das Schild lesen: Le Camélia.

Als Rosa den Namen hört, stößt sie einen Schrei aus und springt von dem Mäuerchen: «Le Camélia! Das ist es, ihr Liebesnest!» Ganz aufgeregt läuft die Ärmste über die Brücke. Barbara folgt ihr in einem gewissen Abstand und beeilt sich dabei gerade nur so, daß sie Rosa nicht aus dem Blick verliert. Ein paar Minuten später befinden sich beide vor dem Restaurant; es ist geschlossen und wird, wie einem Schild an der Tür zu entnehmen ist, erst um neunzehn Uhr dreißig geöffnet.

«Was machen wir jetzt?» fragt Rosa noch immer keuchend vom Laufen. «Warten wir solange?»

«Du wirst doch wohl nicht bis heute abend hierbleiben wollen?» protestiert Barbara.

«Nein, aber wir könnten die Anwohner hier um Auskunft bitten.»

«Was für eine Auskunft?»

«Warum das Lokal zum Beispiel Le Camélia heißt!» erwidert Rosa.

Und fügt, wie um sich zu rechtfertigen, noch hinzu: «Es wird doch einen Grund geben, warum sie es so genannt haben!»

Barbara sagt nichts mehr: sie ist müde, völlig erledigt, hat Hunger und will sich irgendwo hinsetzen. Da sieht sie plötzlich, daß sich auch im Haus daneben ein Lokal befindet. Es heißt Le Bistrot du Quai und hat zum Glück offen.

«Es ist fast eins: wir könnten doch auch hier essen.»

«Einverstanden», sagt Rosa, «dann kann ich den Kellner um Auskunft bitten.»

Diesmal ist der *garçon* allerdings kein Italiener; doch damit nicht genug: auch er hat noch nie etwas von Marguerite Gautier und ihren Liebesnestern gehört.

«*Pourquoi on a appelé ce bistrot Le Camélia?*» fragt Barbara.

«*Parce que c'est comme ça*», erwidert der Kellner sehr verwundert über diese blöde Frage.

«Wissen Sie, wo die Arnouds wohnen?» fragt Rosa beharrlich weiter.

«*Est-ce que vous savez où habitent Madame et Monsieur Arnoud?*» übersetzt Barbara.

«*Lesquels? Ici presque tout le monde s'appelle Arnoud.*»

«Gestatten Sie?» mischt sich der junge Mann vom Nebentisch ein, steht auf und nähert sich den beiden Frauen. «Mein Name ist Valerio Zanetti, ich bin Betriebsleiter der Righini Kunststoffpräservativwerke. Ich stamme aus Bologna, wohne aber in Bougival.»

«Ach, was für ein Zufall!» ruft Barbara hell begeistert aus. «Ich heiße Barbara, und dies ist meine Freundin Rosa.»

«Angenehm», reagiert Zanetti und deutet eine kleine Verbeugung an. «Ich habe ohne zu wollen mit angehört, was Sie gesagt haben. Und es mag Ihnen unwahrscheinlich vorkommen, aber meine Vermieter sind genau diese Arnouds, die Sie suchen. Wir wohnen nur zwei Schritte von hier entfernt, ich im ersten Stock und sie im zweiten.»

«Oh, danke», erklärt Rosa mit einem gewissen Mißtrauen diesem Neuankömmling gegenüber, «aber die

Witwe Arnoud, die wir suchen, ist eine Frau, die vor hundertfünfzig Jahren gelebt hat, zu Zeiten des jüngeren Alexandre Dumas.»

«Die war dann sicher die Urgroßmutter oder Ururgroßmutter meiner Vermieter. Deshalb frage ich Sie: Warum besuchen wir sie nicht gleich nach dem Essen?» Und mit diesen Worten rückt er die beiden Tische aneinander und setzt sich neben Barbara. «Vielleicht besitzen sie irgendwelche Gegenstände oder Briefe, die für Sie interessant sind?»

Barbaras Stimmung hat sich schlagartig gebessert: gerade noch hat sie gejammert, daß sie todmüde sei, und jetzt sprüht sie nur so vor Vitalität. Der Betriebsleiter der Righini Kunststoffpräservativwerke gefällt ihr offensichtlich. Rosa hingegen ist weniger begeistert: Sie mißtraut allen Emilianern und insbesondere allen Bolognesern, die hat sie schon immer allzu unverschämt gefunden, die reinsten Playboys! Aber im Interesse ihrer Nachforschungen möchte sie dann doch wissen, inwieweit dieser Mann vertrauenswürdig ist, und so bringt sie das Gespräch auf die Kameliendame.

«Haben Sie Ihre Vermieter je über Marguerite Gautier reden hören?»

«Sehr oft», antwortet Zanetti unerschrocken. «Marguerite kam immer in das Restaurant Le Camélia.»

«Mit Armand?»

«Ja, mit Armand Gautier.»

«Armand hieß aber gar nicht Gautier, sondern Duval.»

«Klar», erwidert der junge Mann prompt, «aber meine

Vermieterin hat ihn, wer weiß warum, immer Gautier genannt ... vielleicht aus Zuneigung ... oder um zu betonen, daß sie wußte, wie verliebt er in Marguerite war.»

«Hören Sie mal», sagt Rosa, die sich auf den Arm genommen fühlt, «ich will hier keinen Streit anfangen, aber ich habe doch das deutliche Gefühl, daß Sie von A bis Z alles erfinden!»

«Woher willst du das so genau wissen?» fährt Barbara dazwischen. «Wenn Valerio sagt, daß die Arnouds ihn Gautier nennen, dann heißt das, daß sie ihn Gautier nennen. Und überhaupt, was spielt es für dich schon für eine Rolle, wie sie ihn nennen? Wenn du Valerio nicht glauben willst, dann geh doch zu ihnen und frag sie selber.»

Zanetti schweigt, zahlt die Rechnung auch für die beiden Frauen, obwohl Rosa ihn mit allen Mitteln daran zu hindern versucht. Sie hat nun genau durchschaut, wen sie da vor sich hat: das war einer von denen, die einen immer am Strand anquatschten, der hatte in seinem ganzen Leben noch nie *Die Kameliendame* gelesen, sondern jetzt nur ein Auge auf Barbara geworfen, die er unbedingt abschleppen wollte. Aber da hatte er die Rechnung ohne den Wirt beziehungsweise ohne sie gemacht. Glaubte der vielleicht, daß das so leicht ging, daß er hier nur die Rechnung bezahlen müßte? Sobald sie mit diesem Dummchen ein paar Worte unter vier Augen sprechen konnte, würde sie sie schon warnen vor diesem Hallodri.

Das Trio macht sich nun auf den Weg zum Haus der Witwe Arnoud, und der Geck kann dabei keinen Augenblick den Mund halten: Wenn man ihn so reden hört, könnte man glauben, daß sich die Familie Arnoud von morgens bis abends nur über Marguerite Gautier unterhält. Bei all dem Gerede zieht sich der Weg immer länger dahin. Das Haus ist nicht nur zwei Schritte entfernt, wie er behauptet hat, und außerdem steht auch an den Hausklingeln nirgends der Name Arnoud. Ein offenkundiger Schwindel also und noch nicht einmal ein besonders origineller. Nichts wie weg, denkt Rosa: Wir rufen schnell ein Taxi und fahren nach Neuilly zurück.

«Wo sind denn diese Arnouds?» fragt sie gleich, nachdem sie Zanettis Wohnung betreten hat.

«Ich fürchte, sie sind gerade weg. Aber sie kommen bestimmt bald wieder zurück», versucht sie der Betriebsleiter der Righini Kunststoffpräservativwerke zu beruhigen.

«Macht nichts, trotzdem vielen Dank», unterbricht ihn Rosa, «wir müssen jetzt aber gehen. Wir werden in Paris erwartet.»

«Habt ihr schon mal Napoléon getrunken?» fragt Zanetti und hebt eine völlig verstaubte Cognacflasche hoch.

«Nein, was ist das?» fragt Barbara.

«Das ist der beste Cognac Frankreichs, auch ‹Liebesnektar› genannt: ein Schluck Wange an Wange getrunken und man verliebt sich schlagartig fürs ganze Leben.»

«Ich glaube nicht an so Zeug», erwidert Rosa frostig. «Und dann sind auch, glaube ich, die Voraussetzungen gar nicht...»

«Gerade deshalb muß man ihn ja trinken.»

Barbara läßt sich nicht zweimal bitten: Sie trinkt nicht nur ein, sondern zwei Gläschen Napoléon in einem Zug und immer Wange an Wange mit ihrem neuen Freund aus, ohne sich im übrigen um Rosas böse Blicke zu kümmern.

«Signorina Rosa», sagt Zanetti, «warum gehen Sie nicht auf die Terrasse hinaus? Von dort können Sie die Seine und, wenn Sie Glück haben, in der Ferne auch den Eiffelturm sehen.»

Rosa tritt auf die Terrasse hinaus und erkennt sofort, daß es von dort rein gar nichts zu sehen gibt, weder die Seine noch den Eiffelturm. Als sie gerade wieder ins Zimmer zurückwill, sieht sie in der Fensterscheibe das Spiegelbild der beiden, die sich gerade küssen.

«Was für eine Nutte!» bricht es aus ihr hervor. «Was mach ich jetzt? Warte ich? Gehe ich rein? Soll ich sie alle beide anschreien?»

Dann entscheidet sie sich aber doch für den diplomatischen Weg. Sie poltert gegen das Fenster, damit die beiden sie hören, und sagt dann wie nebenbei zu Barbara: «He, Mädchen, du weißt doch, daß wir um fünf eine Versammlung haben. Es ist schon spät. Verabschieden wir uns von dem ‹Herrn› und rufen ein Taxi.»

«Darum kümmere ich mich gleich», sagt Zanetti übereifrig.

Barbara sagt gar nichts: sie lächelt. Und während ihr Verehrer ans Telefon geht, flüstert sie Rosa ins Ohr: «Hör mal, Röschen, sei so nett, fahr schon mal voraus. Ich komme später nach. Valerio bringt mich mit dem Auto. Mach dir nur keine Gedanken, und erzähl vor allem bloß keinem was davon, du weißt doch, wieviel in der Truppe geklatscht wird.»

«Und wenn sie mich nach dir fragen?»

«Dann sag ihnen, daß ich in deinem Auftrag noch was auskundschafte und daß ich das Liebesnest gefunden habe.»

6
Der Professore

PROFESSORE GASLINI möchte, wie bereits angedeutet, mit den Filmleuten am liebsten nichts zu tun haben. Seine Abneigung gegen sie grenzt schon an Abscheu. Und die vom Fernsehen scheinen ihm fast noch schlimmer. Aus der Filmwelt geht wenigstens hin und wieder ein Genie hervor, während vom Fernsehen außer Reklame überhaupt nichts kommt.

Der Produzent hat ihn engagiert, weil er einen Experten für das neunzehnte Jahrhundert in Frankreich brauchte, und nun irrt der Arme wie eine verlorene Seele zwischen den Filmkulissen herum, weiß nie, wo sein Platz ist und wann und wie er sich einmischen kann, so daß er dann regelmäßig mitten in eine Szene hineinplatzt, die gerade abgedreht wird.

Der Regisseur bringt ihm offensichtliches Mißtrauen entgegen, hat ihn vom ersten Tag an nur als lästige Bremse seiner eigenen Kreativität empfunden und nie den nützlichen Mitarbeiter in ihm gesehen. Wenn er ihn nur mit dieser finsteren Miene des unverstandenen Intellektuellen in der Kulisse auftauchen sieht, brummt er vor sich hin: «Alles hinausgeschmissenes Geld!»

Der Professore hat nicht das geringste Verständnis für

den Scherz, der hier mit der Garderobiere getrieben worden ist; anfangs wollte er sich aus der ganzen Sache heraushalten, aber als er jetzt beobachtet, wie die ganze Truppe sie weiterhin verulkt und sie Marguerite Gautier oder, schlimmer, die Kameliengarderobiere nennt und sich über sie halb totlacht, wehrt sich etwas in ihm dagegen. Er findet es ungerecht, das Spiel mit einem armen Wesen so weit zu treiben. Daher nimmt er sie eines Tages während der Drehpause beiseite und versucht, sie zu warnen: «Entschuldigen Sie, daß ich mich in Ihre Angelegenheiten einmische, aber ich muß Ihnen einfach erzählen, daß hier vor ein paar Tagen ein übler Scherz mit Ihnen getrieben worden ist. Die wollten Ihnen einreden, daß Sie . . .»

«Meinen Sie die spiritistische Sitzung?» fällt ihm Rosa ins Wort. «Ich weiß alles, und ich weiß auch, daß das kein Scherz war.»

«Aber ich war doch selber dabei, als alles abgesprochen worden ist. Dieser Ausstattungsgehilfe, wie heißt er noch?, Mario?, hat gemeinsam mit seinem Kollegen, dem von der Klappe, glaube ich, diesem Blonden, alles ausgeheckt. Und sie waren dabei sogar so unverschämt, mir vorzuschlagen, auch mitzumachen.»

«Ja, ich weiß», versichert Rosa. «Ich habe sogar den Drehbuchautor dabei beobachtet, wie er den Totenkopf und die ausgestopfte Eule aus dem Requisitenfundus geholt hat.»

«Nicht nur das, auch das Medium war kein echtes Medium», fährt der Professore fort und freut sich, daß sie doch nicht so leichtgläubig ist, wie er befürchtet hat, «sondern eine Freundin von Mario... eine Französin, eine gewisse Henriette was weiß ich wie.»

«Na und?» versetzt Rosa in herausforderndem Ton. «Es genügt ja nicht, einen Scherz vorzubereiten, er muß auch gelingen. Vor allem, wenn zum Erfolg auch die Mitwirkung der verstorbenen Seelen nötig ist.»

«Was wollen Sie damit sagen?»

«Daß die Inszenierung dann plötzlich Wirklichkeit geworden ist und die Seele von Armand Duval, die zum Scherz angerufen worden war, dann wirklich gekommen ist. Und dann ist das so weitergegangen, daß nicht ich in Ohnmacht gefallen bin, wie alle erwartet hatten, sondern dieses falsche Medium, die Freundin von Mario!»

«Sie werden mir doch nicht erzählen, daß Sie an diese Dinge glauben!»

«Natürlich glaube ich daran!»

«An die Reinkarnation?»

«An die Reinkarnation und an viele andere Dinge, die man nicht mit der Hand berühren kann», erwidert Rosa nun erst so richtig überzeugt.

«Hören Sie, Signorina ... oder Signora?»

«Signorina.»

«Hören Sie, Signorina», hebt der Professore an und bemüht sich, nicht die Geduld zu verlieren, «es ist doch einfach so, die These der Reinkarnation läßt sich nicht aufrechterhalten. Was soll es denn für einen Sinn haben, daß ein Mensch glaubt, vor zweitausend Jahren Julius Cäsar gewesen zu sein, wenn er sich in seinem gegenwärtigen Leben überhaupt nicht daran erinnern kann? Die Existenz kann nur durch die Erinnerung bewiesen werden, und wenn sich das Gedächtnis nicht erinnert, gibt es nicht einmal die Existenz!»

«Also dann sind Sie auch nie ein Säugling gewesen.»

«Wie meinen Sie das?»

«Ich meine das so, daß Sie sich ja auch nicht erinnern können, wie Sie mit einem Monat oder mit sechs Monaten und mit einem Jahr gewesen sind; und wenn Sie sich nicht daran erinnern können, bedeutet das, daß Sie gar nicht geboren sind.»

«Was hat das jetzt damit zu tun? Ich spreche doch von dem Bewußtsein des Daseins, und einzig allein das Bewußtsein des Daseins kann zwei verschiedene Leben miteinander in Zusammenhang bringen.»

«Sie müssen entschuldigen, Professore, ich war nur auf der Berufsschule und weiß nicht, was das Bewußtsein des Daseins ist. Was ich aber weiß, ist, daß ich manchmal Empfindungen habe, die mir ganz unerklärlich sind: Orte, die ich noch nie gesehen habe, kommen mir plötzlich ganz vertraut vor. Unbekannte Häuser, die ich gerade erst betreten habe und bei denen ich doch schon genau weiß, wo alle Zimmer sind. Situationen, bei denen ich vom ersten Augenblick an weiß, wie sie ausgehen werden. Leute, die mir gerade erst vorgestellt worden sind und die ich meine, schon immer zu kennen. Und noch viele andere Erlebnisse, die ich Ihnen jetzt nicht alle erzählen kann. Wie sollen wir diese Empfindungen nun nennen? Einbildungen? Autosuggestion? Ich weiß nicht:

entscheiden Sie selber. Ich jedenfalls glaube auch weiterhin an die Reinkarnation.»

Professore Gaslini hingegen glaubt an gar nichts. Er ist ein Feind jedes Glaubens und jedes Aberglaubens, und zwar so entschieden, daß er auf diese Weise ja ebenfalls ganz fest an etwas glaubt. Er erklärt, ein Voltaire-Anhänger zu sein und haßt die deutsche Romantik, die deutsche Dekadenz und den deutschen Existentialismus, weil er glaubt, daß sie alle Übel der Welt herbeigeführt haben. Hin und wieder hört man ihn brummen: «Ihr mögt Nietzsche? Den könnt ihr ruhig behalten! Ihr habt Hegel, Fichte und Heidegger gemocht? Also dann ergötzt euch auch an Hitler. Ist es vielleicht meine Schuld, daß niemand Descartes mag? Wann werdet ihr endlich einsehen, daß nur Descartes uns zu unserem Seelenfrieden verhelfen kann?»

Die Truppe hat sich inzwischen an sein Gefasel schon gewöhnt: Sie hält ihn für einen Spinner, aber auch für einen anständigen Kerl, und dementsprechend behandelt sie ihn auch.

«Wissen Sie, Professore», versucht es Rosa noch einmal, wobei sie genau weiß, daß sie sich auf eine gewiß nicht einfache Diskussion einläßt, und dann auch noch mit einer Person, die viel gebildeter ist als sie, «ich habe mich vom ersten Tag an, seit ich an diesem Fernsehfilm mitarbeite, sehr merkwürdig gefühlt, ganz anders als sonst, irgendwie spüre ich so einen Druck auf der Brust ... Ich weiß auch nicht, wie ich es richtig beschreiben soll, es war, wie wenn eine geheimnisvolle Stimme mir unablässig zuflüsterte: ‹Rosa, Rosa, verlaß Alfred nicht. Laß dich nicht von den Leuten überreden. Hör nicht auf die, denk nur an dich. Du weißt doch, das Leben ist *wie ein Blick aus dem Fenster*!› Und als die drei Gauner sich dann die spiritistische Sitzung haben einfallen lassen, um mir einzureden, daß ich die Reinkarnation von Violetta oder Marguerite Gautier sei, nennen Sie sie ruhig, wie Sie wollen, für mich ist das gleich ...»

«Also, wenn Sie gestatten, würde ich Sie dann Alphonsine Plessis nennen», unterbricht sie Gaslini, so daß sie den Faden verliert.

«Wie?»

«Alphonsine Plessis.»

«Wer ist denn Alphonsine Plessis?»

«In Wahrheit eigentlich Marie Duplessis alias Marguerite Gautier alias Violetta Valéry ...»

«... alias Rosa Grieco?»

«Tun Sie sich keinen Zwang an, wenn Ihnen das so viel Spaß macht, es schadet ja niemandem.»

«Aber wer ist denn diese ... wie haben Sie gesagt? Plessis oder Duplessis?» fragt Rosa plötzlich voller Interesse.

«Marie Duplessis, Künstlername: Alphonsine Plessis.»

«Und wer war das?»

«Alexandre Dumas fils, der Verfasser der *Kameliendame*, hatte ein Verhältnis mit einer hochgestellten Prostituierten. Eine Geschichte, die nicht einmal ein Jahr dauerte. Und als er eines Tages von einer Reise zurückkehrte, erfuhr er, daß die Ärmste erst dreiundzwanzigjährig an der Schwindsucht gestorben war und ihr ganzer Besitz versteigert wurde...»

«In der Rue d'Antin 9.»

«Keinesfalls: am Boulevard de la Madeleine 11.»

«Aber da irren Sie sich», erklärt die Schneiderin, die in dem Thema inzwischen äußerst beschlagen ist. «Alexandre Dumas beschreibt das ganz genau: Die Stadtwohnung Marguerite Gautiers lag in der Rue d'Antin 9 und ihr Liebesnest am Stadtrand von Paris, in Bougival am Ufer der Seine. Ich war letzten Samstag dort und habe sogar das Restaurant gefunden, in dem sie immer gegessen haben... Le Camélia.»

«Wenn Sie das Landhaus meinen, in dem sich Alphonsine mit dem jungen Dumas traf», erklärt der Professore, «das lag aber nicht in Bougival, sondern in Saint-Germain-en-Laye und gehörte Dumas.»

«Was hat denn Dumas damit zu tun? Er war doch nur der, der die Geschichte erzählt hat.»

«Wissen Sie, Signorina Rosa», erwidert der Professore gereizt, «ich versuche Ihnen hier die ganze Zeit zu erklären, natürlich nur zu Ihrem Besten, daß es weder Violetta Valéry noch Marguerite Gautier je gegeben hat, sondern daß sie bestenfalls die literarische Umsetzung einer Prostituierten sind, mit der Alexandre Dumas fils sexuellen Umgang pflegte und die unter dem Namen Alphonsine Plessis bekannt geworden ist, wohnhaft am Boulevard de la Madeleine 11, gestorben und begraben in Paris. Wenn Sie mir nicht glauben, können Sie ja auf den Montmartre-Friedhof gehen, da finden Sie ihr Grab, mit frischen Kamelien, die irgendwelche Verrückte wie Sie da jeden Tag niederlegen!»

«Und ich versuche Ihnen schon die ganze Zeit zu erklären, daß es mir völlig Wurscht ist, wie Violetta wirklich geheißen hat. Marguerite, Alphonsine oder Maria, das spielt doch überhaupt keine Rolle. Das einzige, was mich interessiert, ist, ob sie wirklich verliebt war in ...»

«... in keinen», ergänzt der Professore ihren Satz mit kleinlicher Pedanterie. «Alphonsine Plessis ist nicht, wie Verdi erzählt, in den Armen Alfred Germonts gestorben, während dieser *Aus diesem Lande wollen wir fliehen* singt, und auch nicht in jenen Armand Duvals oder Alexandre Dumas', sondern in den Armen des erfahreneren Dr. Koreff, eines Pariser Modearztes, der für seine Neigung bekannt war, sich von den Damen in Naturalien bezahlen zu lassen.»

«Ja, aber was sagt denn Alexandre Dumas?» versteift sich die Schneiderin kreischend.

«Wissen Sie, Sie reden hier immer von Alexandre Dumas, und das geht mir auf die Nerven! Nennen Sie ihn doch bitte Alexandre Dumas fils, und verwechseln Sie ihn mir nicht mehr mit seinem Vater, der aus ganz anderem Holz geschnitzt war!»

«Was sagt also Alexandre Dumas fils?» beharrt Rosa und kramt in ihrer großen Handtasche, die mit allerhand Gegenständen vollgestopft ist.

«Ja, was sagt er denn?» fragt der Professore nun am Rande seiner Geduld.

«Das kann ich Ihnen gleich sagen. So, hier, hier auf der letzten Seite steht alles ganz genau», erwidert die Garderobiere, nachdem sie der Reihe nach ein Wollknäuel, einen grünen Apfel, einen Föhn, ein ledernes Notizbuch, einen Teil des Drehbuchs, ein Döschen mit Pfefferminzpastillen, eine Packung Papiertaschentücher und ein total zerlesenes Exemplar der *Kameliendame* aus der Tasche geholt hat.

«Da bin ich ja wirklich sehr gespannt», ermutigt sie der Professore höhnisch, während sie ihren ganzen Plunder auf einem Tisch ausbreitet.

Rosa läßt sich nicht zweimal bitten; sie verändert den Tonfall, um sich der Geschichte anzupassen, und deklamiert: «‹Ich schrieb diese Geschichte genauso nieder, wie sie mir erzählt worden ist. Sie hat nur ein einziges Verdienst, nämlich das, wahr zu sein›, und dann fügt er noch hinzu: ‹Und wahrscheinlich wird man sie mir nicht glauben.› Und genauso ist es ja: Da kommen Sie jetzt daher und wollen sie ihm nicht glauben!»

«Ach, Signorina», wehrt sich der Professore, nachdem er das Buch weggeschoben hat, als fürchte er, sich irgendwie daran anzustecken, «lassen Sie mich doch mit der *Kameliendame* in Ruhe. Das ist der schlechteste Roman, der je in Frankreich geschrieben worden ist. Was sage ich, ‹Roman›, Schund ist das, süßlich, langweilig, voller Phrasen, von einem eingebildeten ungebildeten jungen Kerl, der den Nachnamen, den er trug, nicht wert war, in weniger als einem Monat zusammengepfuscht! Wenn es damals schon Fernsehen gegeben hätte, hätte man daraus eine Seifenoper gemacht.»

«Professore, jetzt würde mich doch eines interessieren: Von wo stammen Sie eigentlich?»

«Aus Bergamo.»

«Sehen Sie, das habe ich mir nämlich gedacht.»

7
Auf der Suche nach Alphonsine

SCHLUSS ALSO MIT der Rue d'Antin Nummer 9, mit Bougival und dem Grab Marguerite Gautiers, Rosa konnte glatt von vorne anfangen: Boulevard de la Madeleine 11, Saint-Germain-en-Laye und Alphonsine Plessis' Grab. Aber dies mißfiel ihr keinesfalls. Irgendwie war sie mit Marguerite nie so ganz glücklich gewesen, liebte diese doch allzu sehr den Luxus, Juwelen, Feste und die mondäne Gesellschaft. Kurz gesagt: das Geld. Während sie sich Alphonsine nun ganz anders vorstellt, nämlich als ein frisches, natürliches Mädchen vom Lande, das sich dann eben irgendwie arrangiert, um in einer Stadt wie Paris zu überleben.

Professore Gaslini, mit dem sie sich inzwischen ausgesöhnt hat, eben um möglichst viel von ihm zu erfahren, erzählt ihr alles über Leben, Tod und Wundertaten der schönen Alphonsine. Das junge Mädchen war anscheinend als gerade Fünfzehnjährige von ihrem Vater, einem ständig betrunkenen Straßenhändler, zum bescheidenen Preis von zwölf Flaschen Genrey Chambertin an ein paar durchziehende Zigeuner verkauft worden. Der Handel hatte während eines heftigen Gewitters in einer Kneipe an der Landstraße nach Paris stattgefunden. Die Zigeuner hatten sie dann an einen Wirt vom Palais Royal abgetreten, einen Geldsack mit rohen Manieren, der sie sowohl als Dienstmagd wie auch als Geliebte ausbeutete.

So vergingen einige Jahre, bis das junge Mädchen schließlich einem durchreisenden Gast auffiel: Agénor de Guiche, Herzog von Gramont und künftiger Außenminister Napoleons III. Der Edelmann befreite sie aus den Klauen des Wirtes und brachte ihr bei, wie man sich als große Dame zu kleiden, zu schminken und zu bewegen hat. In weniger als fünf Jahren lernte Alphonsine alles, was man lernen kann, nämlich singen, tanzen und über jedwedes Thema plaudern. Sie besuchte die großen Konzerte, die Opéra-Comique und die Restaurants, die gerade in Mode waren, und wurde von den reichsten und berühmtesten *viveurs* der Stadt umworben, so eben auch von dem Sohn Alexandre Dumas' (der aber weder reich noch berühmt war). Doch war es seinetwegen, oder sollen wir sagen, durch sein Verdienst, daß sich Alphonsines Leben plötzlich veränderte.

Die erste Begegnung fand am Ausgang des Kaufhauses Susse am Place de la Bourse statt: sie trug einen großen Florentinerhut und er ein goldenes Monokel, letzteres aber nicht etwa, weil er kurzsichtig gewesen wäre, sondern weil es eben schick war, damit herumzulaufen. Der junge Mann holte seine Erkundigungen ein und erfuhr, daß das Mädchen dem Herzog von Gramont gehörte, und so ließ er vorerst von ihr ab. Er hätte ihr im übrigen bei seiner Finanzlage außer Jugend und Gesundheit auch nichts anderes zu bieten gehabt. Doch wenig später ergab sich dann die günstige Gelegenheit, als Alphonsine nämlich das Bett Gramonts gegen jenes des Grafen Stackelberg tauschte. Letzterer war ein siebzigjähriger Greis, der Alphonsine wegen ihrer entfernten Ähnlichkeit mit seiner tragisch verstorbenen Tochter adoptierte. Er spielte weniger die Rolle des Liebhabers als die des Adoptivvaters, zumindest ging so das Gerücht, denn offenbar verlangte der adlige Herr keine Gegenleistung für seine Protektion.

Von dem Tag an begegneten sich der junge Schriftsteller und die schöne Kurtisane häufig und bei den verschiedensten Gelegenheiten, und sie verliebten sich über beide Ohren. Er verschuldete sich völlig (deshalb kam es zum Streit mit seinem Vater), und sie zog sich, um Geld zu sparen, aus dem mondänen Gesellschaftsleben der Hauptstadt zurück. Sie lebten von nun an, wie das Turtelpärchen von Peynet, in Saint-Germain-en-Laye, einem kleinen Dorf am Rande von Paris. Allerdings dauerte das Glück nicht besonders lange, nicht einmal ein ganzes Jahr. Im Sommer 1845 kommt es zu einem furchtbaren Krach zwischen ihnen: Sie machte ihm zum Vorwurf, in ärmlichen Verhältnissen leben zu müssen, und er verließ das Haus türeschlagend und kehrte nach Paris zurück. Auf dem Tisch im Flur hinterließ er nur einen Zettel für sie:

> Adieu, Alphonsine: ich bin weder reich genug, um Sie zu lieben, wie ich möchte, noch arm genug, um Sie zu lieben, wie Sie es möchten!

Kurz und gut, sie erlebten *Wonne, Leid und Entzücken*, wie Alfred es im Finale des ersten Aktes besingt. Alphonsine hielt sich nicht lange damit auf, ihm nachzuweinen, denn schon zeigte sich am Horizont ein neuer Liebhaber: der Graf von Perregaux, ein offensichtlich reicher Landedelmann, der sie auf eine Vergnügungsreise nach London mitnahm und sie sogar heiratete. Nur war Alphonsine schwer krank geworden; sie litt an der Schwindsucht, der Krankheit des Jahrhunderts, und mußte den Winter in einem Luxussanatorium in Baden verbringen, wo sie Dr. Koreff in die Fänge geriet, dem von den Pariser Damen am meisten umschwärmten Modearzt. Aber nicht nur ihm: Zwischen ihren verschiedenen Liebschaften blieb ihr anscheinend auch noch Zeit für eine Affäre mit Franz Liszt.

Alexandre wiederum versuchte, sie sich mit allen Mitteln aus dem Sinn zu schlagen: Er widmete ihr eine Gedichtsammlung mit dem Titel *Jugendsünden* (von der er vierzehn Exemplare verkaufte) und reiste mit seinem Vater nach Spanien. Bei seiner Rückkehr erfuhr er, daß Alphonsine gestorben war. Tief betroffen nahm er zunächst an der Versteigerung am Boulevard de la Madeleine 11 teil (wo er auch Dickens begegnete und für hundert Francs das *Manon-Lescaut*-Exemplar zurückerwarb, das er ihr geschenkt hatte) und anschließend an der Exhumierung der Leiche auf dem Montmartre-Friedhof. Dann zog er sich nach Saint-Germain-en-Laye zurück, wo er in weniger als einem Monat *Die Kameliendame* schrieb, den Roman, der ihn berühmt machte.

Aber kehren wir zu unserer eigentlichen Geschichte und zu Rosa zurück. Auch ihr hatte sich in ihrem bescheidenen Leben zweimal eine große Chance geboten – wenn es auch nicht gerade ein Herzog war, so war es doch eine gute Partie. Ein Witwer nämlich, der in der Gegend des Vatikans einen Tabakladen besaß, stand damals, als sie noch mit Ascanio ging, mit einem Blumenstrauß in der einen und einem Verlobungsring in der anderen Hand eines Abends in Jackett und Krawatte vor ihrer Tür. Der gute Mann war, ehrlich gesagt, nicht mehr der Jüngste, zum Ausgleich besaß er aber eine Menge Geld und verfügte unter anderem über ein elegantes Apartment in Santa Maria Trastevere. Dennoch dachte sie keinen Augenblick im Ernst daran, seinen Antrag anzunehmen. Sie dankte ihm gerührt, erklärte, daß sie sich geehrt fühle, bot ihm ein Gläschen Likör an und begleitete ihn wieder zur Tür. Dabei wäre das wirklich sehr vorteilhaft für sie gewesen! Sogar Ascanio war dafür.

«Wie lang kann der noch leben?» sagte er zu ihr. «Er ist schon fünfundsechzig, und bei seinem Gesundheitszustand wird er vielleicht nicht einmal siebzig. Also deshalb rate ich dir, heirate ihn, laß dir den Tabakladen und die Wohnung überschreiben, und sobald der Herr ihn zu sich und den Engeln gerufen hat, richten wir uns dort ein. Den Tabakladen lassen wir von Grund auf renovieren, setzen eine Blondine an die Kasse und richten eine Toto-Annahmestelle ein. Dann holen wir uns bei der Handelskammer eine Lizenz für religiöse Souvenirs: Papstmedaillen, Glaskugeln mit Petrus im Schnee und die Reliquien von Johannes XXIII. Alles Sachen, die sich bestens verkaufen lassen und nie aus der Mode kommen.»

Aber sie lehnte trotzdem ab. Ihre Liebe und die Leidenschaft für den Film waren stärker. Alphonsine Plessis hätte ganz genauso gehandelt, da war sie sich sicher.

«Begleitest du mich?» fragt sie Barbara.

«O Gott, schon wieder!» stöhnt das Mädchen und schlägt die Augen zum Himmel auf. «Hast du denn noch immer nicht genug? Jetzt kommt diese Alphonsine zum Vorschein, von der man ja auch nicht weiß, ob sie je gelebt hat, und gleich willst du wieder losstürzen. Ich möchte doch einmal wissen, was du eigentlich davon hast, dir anzusehen, wie sie gewohnt, gegessen und gevögelt hat.»

«Von der praktischen Seite nichts. Aber eine Menge Emotionen. Mein Herz wird mir sagen, ob ich das gewesen bin oder nicht.»

«Da würde ich mir an deiner Stelle doch ein bißchen aufregendere Emotionen verschaffen», erwidert Barbara. «Vielleicht sollte man dir endlich einmal beibringen, wie das Leben wirklich ist.»

«Barbara, bitte laß mich nicht im Stich!» fleht Rosa. «Nächsten Samstag haben wir an einem halben Vormittag alles erledigt: als erstes gehen wir an den Boulevard de la Madeleine, dann fünf Minuten später zum Palais Royal und als letzte Etappe zum Montmartre-Friedhof.»

«Das wird ja furchtbar lustig!»

«Aber du mußt mir versprechen, daß du nicht gleich wieder mit dem erstbesten abhaust.»

«Denkst du noch immer an Valerio? Aber den habe ich doch seit damals in Bougival nie mehr wiedergesehen!»

«Das ist es ja gerade, was ich meine: Wenn du von vornherein weißt, daß es doch nur ein Schlag ins Wasser wird, warum läßt du dich dann überhaupt auf solche Geschichten ein? An deiner Stelle würde ich mir gewisse Erfahrungen dann doch ersparen.»

«Jawohl, Mama», nimmt Barbara sie in kindlichem Tonfall hoch, «ich verspreche dir, es wird nie wieder vorkommen.»

Das Haus am Boulevard de la Madeleine 11 ist völlig nichtssagend, Sitz eines Maklerbüros und gegenüber einem Kreditinstitut gelegen. Auch hier gibt es nichts Romantisches, an das man sich halten könnte.

«Was machen wir jetzt?» fragt Barbara, nachdem sie einen flüchtigen Blick in den Hof geworfen hat.

«Ich habe gehört, daß die Opéra-Comique, wo sie jeden Tag hingegangen ist, hier ganz in der Nähe liegt», schlägt Rosa vor. «Versuchen wir doch auch, dorthin zu gehen, vielleicht kommt uns eine Idee, während wir durch diese Straßen schlendern.»

«Was für eine Idee soll uns denn kommen?» hätte Barbara am liebsten gefragt. «Merkst du denn nicht, daß sich hier alles verändert hat: die Hausnummern, die Namen der Lokale... der Verwendungszweck. Wo früher mal ein Restaurant war, befindet sich heute vielleicht ein Kaufhaus, so etwas Ähnliches wie die Galéries La Fayette zum Beispiel, oder eine Bank oder eine Wechselstube.»

«Ich spüre, daß die Opéra-Comique in dieser Richtung liegt», sagt Rosa und streckt den Arm aus wie ein Wünschelrutengänger, der endlich die Wasserader gefunden hat.

Wenn jemand so spinnt, kann man ihm ja nicht mehr mit der Vernunft beikommen, denkt Barbara. Es wird besser sein, ihr zu helfen, dann haben wir es wenigstens schneller hinter uns.

«L'Opéra-Comique, s'il vous plaît?» wendet sich das Mädchen an einen Passanten.

«Tout droit, jusqu'à la Banque Nationale de Paris, et tout de suite après à droite.»

Banken, immer nur Banken, aber das ist auch gar nicht verwunderlich: Alphonsine, Marguerite und Violetta waren alle drei Nutten gewesen; da war es doch normal, daß das Geld sie auch noch über den Tod hinaus begleitete.

Sie erreichen die Opéra-Comique, aber das Gebäude ist leider nicht zu besichtigen, da es gerade renoviert wird.

«Spürst du was?» fragt Barbara.

«Ehrlich gesagt, nein», erwidert Rosa leicht keuchend. Dann meint sie: «Vielleicht drinnen . . .»

«Rein kann man nicht, es ist zu», bescheidet sie Barbara fast glücklich, daß diese Ortsbesichtigung nicht möglich ist. «Nehmen wir lieber die Metro und fahren zum Palais Royal, dann klären wir auch die Sache mit dem Restaurant.»

Bistrots oder sogenannte Bistrots gibt es vier Stück am Palais Royal: nämlich den Salon de thé Raguenau, die Brasserie Le Louvre, das Café Palais Royal und das Café Le Nemours.

«Wir können ja nicht in alle vier rein!» meint Barbara sehr vernünftig. «Ich sage das nur deinetwegen, Röschen, es ist ja dein Geld, und hier gibst du glatt ein Vermögen aus.»

«Dann bestellen wir eben nur Kaffee, der kostet am wenigsten. Aber ich muß es ausprobieren!»

«Was denn ausprobieren?»

«Wie mein Herz reagiert.»

«Ach, du mit deinem Herzen!» platzt Barbara heraus. «Wann kommst du denn bloß wieder mit den Füßen auf den Boden? Und dann möchte ich auch einmal eines wissen: Was schert es dich eigentlich, ob du in einem früheren Leben Alphonsine Plessis, Marguerite Gautier oder Maria Goretti gewesen bist?»

«Es hilft mir zu verstehen, wie ich in meinem Innern bin.»

«Und was hast du davon?»

Aber Rosa antwortet nicht. Wie ein Zombie betritt sie den Salon de thé Raguenau, setzt sich und bestellt bei einem Kellner zwei Kaffee, wobei sie aber diesmal gleich französisch spricht.

Nach dem Raguenau kommt die Brasserie Le Louvre, dann das Café Palais Royal und das Café Le Nemours an die Reihe. Erst im letzteren spürt Rosa so etwas wie Erregung.

«Ich spüre, daß mein Herz stärker klopft!» seufzt sie, schließt die Augen und faßt sich mit der Hand an die Brust.

«Das wird von dem vielen Kaffee sein», erwidert Barbara.

«Ach, sei doch still, es klopft wirklich stärker», beharrt Rosa.

Dann deutet sie auf ein Wandgemälde vor ihr: «Diese Wand habe ich schon gesehen.»

Auf dem Fresko ist eine Malerin abgebildet, die einige Schauspieler in Kostümen aus dem achtzehnten Jahrhundert porträtiert. Barbara möchte ihr am liebsten gleich den Wind aus den Segeln nehmen und vielleicht den Inhaber fragen, wie lange es dieses Bistrot schon gibt und ob dieses Gemälde ein neueres Werk ist, aber dann überlegt sie sich, daß es unnötig grausam wäre, Rosa die Illusionen zu nehmen, und gibt es auf.

«Also gut, dieses Lokal hast du schon einmal gesehen. Aber jetzt müssen wir wirklich ins Hotel zurück, es ist schon spät.»

«O nein», protestiert Rosa, «zuerst müssen wir noch auf den Montmartre, zum Friedhof. Vorher will ich aber noch Kamelien für Alphonsine kaufen.»

«Also auf den Montmartre, das kommt nicht in Frage!» explodiert Barbara. «Ich mag dich ja wirklich gern, Röschen, aber das schaffe ich nicht, dich auch noch auf den Friedhof zu begleiten. Du kannst ja auch ganz allein hingehen. Ich begleite dich vielleicht noch zur Metro, sag dir, wo du umsteigen mußt, aber den Besuch des Grabes, den will ich mir wirklich ersparen!»

8
Jean Fumée

ROSA HAT NOCH NICHT einmal das Eingangstor des Montmartre-Friedhofs hinter sich gelassen, als schon ein grauhaariges Männchen mittleren Alters auf sie zukommt. Es sieht ganz wie ein trauernder Familienangehöriger aus, der gerade von einer Beerdigung kommt, ist schwarzgekleidet, hat ein Lederköfferchen dabei und scheint auf dem schnellsten Weg in sein Büro zurückeilen zu wollen.

«*Bonjour Madame*», sagt das Männchen zu ihr, «*excusez-moi, j'éspère de ne pas être indiscret: est-ce que vous êtes en train de chercher la tombe d'Alphonsine Plessis?*»

«*Oui*», murmelt Rosa, die kein Wort verstanden, sondern nur den Namen Alphonsine Plessis gehört hat. «Aber ich ... spreche leider ... nicht Französisch ...»

«Sie werden doch nicht Italienerin sein! Oh, wie angenehm!» ruft das Männchen begeistert aus. «Gestatten Sie, daß ich mich vorstelle: Jean Fumée, Sekretär des Clubs *Les Amis de la Dame aux Camélias*. Wundern Sie sich nicht, daß ich gut Italienisch spreche, mein Beruf zwingt mich dazu, viele Sprachen zu sprechen. Nicht umsonst hat die Kameliendame Anhänger in der ganzen Welt, sogar in China. Übrigens, sprechen Sie Chinesisch?»

«Leider nein, ich spreche nur Italienisch. Ich heiße Rosa Grieco und arbeite beim Film. Ich bin die persönliche Assistentin von Alberto Sanna. Kennen Sie Alberto Sanna?»

«Wie soll ich ihn nicht kennen! Sanna ist ein Mythos, ich wage sogar zu sagen, der Stolz einer ganzen Nation!»

«Na ja . . .», meint Rosa abwehrend, als hätte das übertriebene Kompliment ihr gegolten. «Aber jetzt sagen Sie mir, woran haben Sie denn erkannt, daß ich das Grab der Alphonsine Plessis suche?»

«An den Kamelien», erwidert Jean Fumée prompt und deutet auf die Blumen, die Rosa gerade gekauft hat. «Sie können sich gar nicht vorstellen, wie viele Leute Tag für Tag Kameliensträuße auf Alphonsines Grab legen! Kommen Sie mit, dann können Sie sich selber davon überzeugen.»

Während sie sich so unterhalten, steigen die beiden die Treppe hinauf, die zum *Rond Point* führt, einem Rondell, von dem alle die kleinen Friedhofsalleen abgehen. Jean Fumée, ganz Vergil, zeigt Rosa die berühmtesten Gräber, und so, wie er darüber redet, scheint er sich geradezu als ihr Eigentümer zu fühlen.

«Dies ist das Grab von Théophile Gautier, weiter vorne habe ich das von Degas», sagt er stolz. Und fährt dann ein wenig verärgert fort: «Früher hatte ich auch Emile Zola hier, aber dann haben sie ihn mir zum Pantheon überführt, Sie wissen ja, wie das bei der Stadtverwaltung so geht.»

Rosa zeigt ihr Bedauern über diesen Raub, den das Männchen erlitten hat; in Wirklichkeit hat sie keine Ahnung, wer Théophile Gautier, Degas und Emile Zola sind. Aber um etwas zu sagen, versucht sie es mit einem Kommentar: «Ihr Franzosen habt also auch ein Pantheon ... das freut mich wirklich.»

«Dieser hier hingegen ist Hector Berlioz, der große Komponist, der *Fausts Verdammnis* und die *Sinfonie phantastique* geschrieben hat, und hinter ihm ruht der zeitlich zuletzt hier Eingetroffene: François Truffaut.»

«Welcher Truffaut?» fragt Rosa interessiert. «Doch nicht der Regisseur ... der von *La Nuit Américaine*?»

«Genau der.»

«Wann ist er denn gestorben?»

«Erst vor kurzem. 1984.»

«Ach, das tut mir leid!»

«Wem sagen Sie das!» kontert Jean Fumée mit einem Anflug von Rührung in der Stimme. «Hier in Paris trauern wir alle um ihn, vor allem wir Filmliebhaber. Es ist deshalb auch gar nicht ausgeschlossen, daß schon in diesem Jahr der Club der *Freunde von François Truffaut* gegründet wird.»

«Und wo ist Alphonsine?»

«An einer ganz anderen Stelle. Vorher möchte ich Ihnen aber noch das Grab von Alexandre Dumas fils zeigen, dem Verfasser der *Kameliendame*. Hier ist es: er war es, der Alphonsine Plessis unsterblich gemacht und zum Symbol aller verliebten Frauen erhoben hat.»

Die beiden bleiben in ehrerbietigem Schweigen vor

dem Marmorgrabmal stehen, auf dem keine einzige Blume niedergelegt worden ist. Rosa fängt an, ein Gebet zu murmeln, verstummt aber plötzlich. Wer weiß, ob Alberto Sanna nicht auch eine Reinkarnation ist, denkt sie, und vielleicht sogar die des jungen Dumas. Um dies genau zu erfahren, hätte er persönlich herkommen müssen und erproben, ob er hier vielleicht eine besondere Erschütterung, einen Schauder über den Rücken gespürt hätte oder ob ihm der kalte Schweiß auf die Stirn getreten wäre. Aber leider hatten ihr Leute, die etwas von der Reinkarnation verstehen, erklärt, daß solche Erregungszustände nur hochsensible Personen erlebten, solche wie sie eben. Und über Sanna konnte man nun wirklich alles sagen, nur nicht, daß er hochsensibel war. Sein Herz schlug höchstens noch beim Anblick eines geschmorten Ochsenschwanzes höher oder, aber erst in zweiter Reihe, beim Anblick von Geld und meinetwegen auch dem der paar Hürchen, die um ihn herumschwirrten und ein Autogramm wollten. Aber sie würde trotzdem versuchen, ihn hier auf den Montmartre zu lotsen.

Jean Fumée zieht sie nun am Arm weiter, und Rosa folgt ihm bewegt, nachdem sie eine Kamelie aus ihrem Strauß auf dem Grab des jungen Dumas niedergelegt hat. Schließlich verdankt sie doch alles, was sie über die Kameliendame weiß, diesem armen, zweitklassigen Dumas, den dieser eingebildete Professore so verunglimpft hat.

«Friede deiner Seele», murmelt Rosa. «Der Herr möge dir im Paradies der Schriftsteller einen Platz neben den

Größten wie Dante Alighieri und Carolina Invernizio zuweisen.»

Das hofft sie wirklich, selbst wenn er, wie der Professore behauptete, weniger geleistet hat als sein Vater.

Die beiden kommen am Grabstein Stendhals mit der berühmten Inschrift «Henri Beyle, Milanese» vorbei.

«War Stendhal Italiener?» fragt Rosa verwundert.

«Nein, aber er liebte Italien: er hat selber bestimmt, daß auf seinem Grabstein ‹Mailänder› stehen sollte.»

«Hatte auch Stendhal eine große Liebe?»

«Ach, dutzendweise. Um nur ein paar Namen zu nennen: Mélanie, Thérèse, Gina, Eléonore, Matilde und viele, viele andere. Er war eben einer, der dauernd hinter den Frauen herlief.»

«Das waren noch Zeiten!» meint Rosa. «Heute dagegen denken die Männer nur noch ans Geld und an den Erfolg.»

Endlich erreichen sie Alphonsines Grabmal, dessen Stufen mit vier Kameliensträußen dekoriert sind, ganz frischen von diesem Tag und solchen aus Plastik. Die Garderobiere legt auch ihre Blumen nieder, bekreuzigt sich und liest die Grabinschrift.

ICI REPOSE
ALPHONSINE PLESSIS
NEE LE 15 JANVIER 1824
DECEDEE LE 5 FEVRIER 1847
DE PROFUNDIS

Rosa rechnet nach: die Ärmste ist im Januar 24 geboren und im Februar 47 gestorben, siebenundvierzig weniger vierundzwanzig macht dreiundzwanzig. Sie war ja praktisch noch ein Kind, als sie dieses Tränental verließ. Aber was ist schon der Tod, fragt sich Rosa, und was macht Alphonsine wohl jetzt in diesem Augenblick? Beobachtet sie sie? Oder ist es umgekehrt so, daß sie, Rosa, Alphonsine beobachtet, in Wirklichkeit also sich selber? Eine Träne kullert langsam über ihre Wange. Jean Fumée bemerkt es und tritt diskret einen Schritt zurück. Rosa schämt sich jedoch, daß sie sich hat hinreißen lassen, und macht eine unwillige Bewegung; sie trocknet sich rasch das Gesicht mit dem Arm, läßt den armen Jean Fumée einfach stehen und stürzt zum Ausgang.

«Madame Grieco, Madame Grieco!» ruft das Männchen, das keuchend hinter ihr herläuft. «Warten Sie doch bitte auf mich.»

Kaum hat er sie erreicht, zieht er eine rosa Schachtel, auf die zwei Kamelien gemalt sind, aus seinem Köfferchen.

«Wie ich Ihnen schon erklärt habe, bin ich der Sekretär des Clubs *Les Amis de la Dame aux Camélias*. Zu den zahlreichen Aufgaben meines Amtes gehört es auch, allen Fans der Kameliendame diesen Sonderpack mit den verschiedenen Lebenszeugnissen auszuhändigen. Wenn Sie eine Minute Geduld haben, zeige ich Ihnen alles.»

Und nachdem er die Pappschachtel auf einem Grabstein gleich daneben abgelegt hat, macht er sie auf und zieht der Reihe nach mehrere Gegenstände heraus.

«Dieses hier ist der Roman von Alexandre Dumas fils, in der französischen Ausgabe, mit einem Vorwort von André Maurois und einem Nachwort von Jules Janin. Gegebenenfalls könnte ich Ihnen für einen geringen Aufpreis auch die italienische Ausgabe besorgen. Hier haben wir den Videofilm und die Compact Disc der Gesamtaufnahme der *Traviata* unter der Leitung von Franco Ghione und gesungen von Maria Callas. Dann haben wir hier ein Video des Films *Marguerite Gautier*, dargestellt von Greta Garbo unter der Regie von Marcel Carné. Und hier die wertvollsten Reliquien: den Nachdruck aller Briefe, die der junge Dumas an seine Geliebte schrieb, einschließlich des berühmten Billetts, auf dem er sagt: ‹Ich bin weder reich genug, um Sie zu lieben, wie ich möchte, noch arm genug, um Sie zu lieben, wie Sie es möchten›, außerdem noch ein Porträt von Alphonsine Plessis, ausgeführt von dem großen Edouard Vienot, und schließlich die Mitgliedskarte für den Club *Les Amis de la Dame aux Camélias*. Alles zusammen für nur fünfhundert Francs, was kaum mehr als hunderttausend Lire sind. Und wenn Sie bedenken, daß Sie dafür nicht weniger als zwei Videofilme, eine Compact Disc und ein Buch haben, von den Briefen, dem Porträt und der Mitgliedskarte für den Club ganz zu schweigen, dann wird Ihnen schnell klar, daß Sie da ein sehr gutes Geschäft machen.»

Rosa nimmt alles, ohne mit der Wimper zu zucken, zahlt und macht sich auf den Weg zur Metro. Sie hat nicht einmal die italienische Ausgabe der *Kameliendame* verlangt, obwohl ihr Exemplar wirklich sehr zerlesen ist. Seit sie Alphonsines Grab gesehen hat, ist sie nicht mehr sie selbst. Das Männchen sieht ihr nach und weiß, daß es keinen Sinn hat, ihr auch noch anderes andrehen zu wollen. Die Garderobiere würde ihm nicht einmal zuhören, sie ist mit dem Kopf ganz woanders. Jean Fumée geht ihr ein kurzes Stück nach und verschwindet dann durch einen dunklen kleinen Einlaß unter einer Treppe. Dort befindet sich inmitten ganzer Berge von Schachteln der Sorte, wie er sie gerade verkauft hat, ein junger Mann, der ihm ähnelt.

«Ich warte schon eine ganze Stunde.»

«Warst du am Invalidendom?»

«Ja, Papa.»

«Wieviel Napoleone hast du gebracht?»

«Zwölf, wie immer.»

«Und hast du dir auch eine Quittung geben lassen?»

«Ja, hier.»

Jean Fumée ist gar kein Franzose, sondern Neapolitaner, heißt in Wirklichkeit Gianni Fumo und ist von Beruf Souvenirhändler. Außer dem Sonderpack *Kameliendame* verkauft er ebensolche mit Materialien über Napoleon, Toulouse-Lautrec, Edith Piaf, Charles de Gaulle und Yves Montand. Auf Wunsch besorgt er Andenken an jede Persönlichkeit aus Kunst oder Geschichte; man braucht nur zu bezahlen.

9
Das Karma

Regen während der Dreharbeiten ist der Alptraum jedes Filmproduzenten, denn Schauspieler wie Crew müssen bei jedem Wetter bezahlt werden. Mancher ist so vorausschauend, daß er eine Versicherung abschließt, andere jedoch, wie in unserem Fall, vertrauen lieber auf ihr Glück und den Wetterbericht im Fernsehen.

«Verfluchte Scheiße!» schimpft Cavalier Marchetti, der Produzent, und droht dem Himmel mit geballten Fäusten. «Ja kann man sich denn nicht einmal mehr auf das Fernsehen verlassen? Dabei haben sie doch heute sogar Satelliten! Diese Franzosen sind ja wirklich das letzte, sogar noch schlimmer als die Italiener, und das sagt ja wohl alles! Da versprechen die mir Hochdruck, diese Schweine, und was haben wir jetzt? Die reine Sintflut ist das! Der Blitz soll sie alle treffen... sie und ihre Satelliten!»

«Ich leg mich schlafen», verkündet Sanna, dem das Geschimpfe seines Arbeitgebers vollkommen gleichgültig ist. «Tut mir nur leid, daß ich mich schon geschminkt habe. Dabei habe ich heute früh gleich gesagt, daß der Himmel mir nicht gefällt und daß wir mit dem Schminken wenigstens bis neun warten sollten.»

«Aber heute früh hat doch die Sonne nur so heruntergeknallt!» rechtfertigt sich der Ärmste, nun schon den Tränen nahe. «Wie hätte ich da ahnen sollen, daß eine halbe Stunde später dieses Höllenspektakel losgeht!»

Aber Alberto Sanna hat keine Lust, sich auf weitere Diskussionen einzulassen und strebt seinem Wohnwagen zu. Wie alle Schauspieler lassen ihn die Probleme der Produzenten völlig kalt, denn er ist fest überzeugt, daß das große Geld am Ende immer nur bei diesen landet, und zwar auf Kosten von ernsthaft arbeitenden Leuten wie ihm.

Er macht die Tür seines Wohnwagens auf und findet im Innern Rosa vor.

«Ich leg mich schlafen», sagt er, «und daß du mich bloß nicht weckst. Ruf mich erst, wenn du die Sonne mitten am Himmel siehst, ohne die kleinste Wolke. Klar?»

Die Garderobiere nickt, macht aber keine Anstalten zu gehen. Offenbar hat sie keine Lust hinauszugehen, denn gerade in diesem Augenblick bricht der Regen mit ganz besonderer Wucht los und prasselt wie Geschosse aus hundert Maschinengewehren auf das Dach des Wohnwagens, doch Sanna befördert sie ohne weitere Umstände hinaus. Auch wenn er nicht gerade «Hau ab!» sagt, ist doch klar, was er meint. Also bedeckt die Ärmste ihren Kopf mit einem Regenmantel und läuft in eine Kneipe, die sie gerade an diesem Morgen an der Landstraße gesehen hat. Und wen trifft sie da? Natürlich die gesamte Crew, angefangen vom Regisseur bis zum letzten Assistenten. Einige spielen Skopa, andere trinken *Pastis*, den traditionellen Anis-Aperitif, den wir ziemlich ekelhaft finden, der sich aber bei den Alkoholikern Frankreichs ganz besonderer Beliebtheit erfreut. In einer Ecke sitzt Marina Moffa, die Kostümbildnerin, mit einem Kartenspiel in der Hand.

«Willst du's mal versuchen?»

Rosa weiß im ersten Augenblick nicht so recht, was sie antworten soll: sie hat schon gehört, daß Marina Karten legt und daß dies ihr eigentlicher Beruf ist, beim Film ist sie nur aus Spaß. Als die Kartenlegerin merkt, daß Rosa zögert, versucht sie, sie ein wenig zu ermutigen: «Diesmal mach ich's dir gratis. Es regnet ja sowieso.»

Was der Regen mit dem Gratisdienst zu tun haben soll, ist allerdings nicht so ganz klar. Warum soll ich es eigentlich nicht einmal probieren? überlegt Rosa. Sanna hatte sich schlafen gelegt und würde sie mindestens eine Stunde lang nicht rufen.

«Dies hier bist du», hebt Marina an und zeigt auf die Herz-Dame.

Völlig normal: Selbst die unbegabteste Kartenlegerin weiß, daß ihre Klientin immer die Herz-Dame ist. Interessant wird die Deutung erst, als der Reihe nach vier Buben aufgedeckt werden.

«Bist du sicher, Italienerin zu sein?» fragt Marina.

«Italienerin?» wiederholt Rosa erstaunt. «Natürlich bin ich Italienerin. Ich bin in Neapel geboren. Allerdings lebe ich jetzt schon seit sechzehn Jahren in Rom. Aber warum fragst du das?»

«Ich weiß auch nicht... es sind ganz merkwürdige Karten herausgekommen... gerade so, als wärst du keine Italienerin. Schau her, ich lüge nicht: Siehst du alle diese Figuren? Das sind alles Buben.»

«Und was bedeutet das?»

«Daß die Buben im allgemeinen *Valet* genannt werden und *Valet* ein französischer Ausdruck ist.»

«Ich kann kein Wort Französisch! Gerade vielleicht noch *bonjour*. Obwohl...»

«Obwohl...?» ermuntert sie Marina.

Aber mehr sagt Rosa nicht. Sie will hier nichts suggerieren. Wenn Marina wirklich etwas taugt, kann sie die Geschichte mit der Reinkarnation ja selber herausbekommen.

«Bin das hier ich?» stammelt sie, um Zeit zu gewinnen.

«Ja, das bist du: die Herz-Dame.»

«Und die hier?» fragt Rosa weiter und deutet auf die Treff-Dame.

«Wenn wir von dem Fernsehfilm ausgehen, der gerade gedreht wird, ist das wohl Violetta. Treff steht in dem Fall für Kamelien.»

Also kommt die Reinkarnation doch wieder zum Vorschein! Rosa hält den Atem an. Sie hat Angst, sich zu verraten, sich als die neue Kameliendame zu offenbaren. Aber dann sieht sie einen Herz-König und kann die Frage nicht unterdrücken: «Und wer ist das? Alfred?»

«Nein, nein, das ist dein Vater. Dein ‹Er›, also der Mann deines Lebens wäre der Pik-König, aber der ist noch nicht zum Vorschein gekommen.»

Daß der noch nicht zum Vorschein gekommen ist, weiß Rosa nur allzu gut. Seit Jahren wartet sie schon auf ihn. Bis jetzt hat noch kein einziger Mann ihr verzweifeltes Verlangen nach Liebe erfüllt. Dieser Lump Ascanio schon gar nicht, der sie eines Nachts einfach allein und ohne eine Lira hat sitzenlassen. Und der große Filmstar Alberto Sanna bestimmt auch nicht, der all die Aufmerksamkeiten, mit denen sie ihn den ganzen Tag umgibt, gar nicht zu bemerken scheint. Kann man eine Beziehung denn Liebe nennen, wenn nur der eine von beiden sich dem anderen hingibt? Ganz sicher nicht. Also bleibt nur noch die Hoffnung auf einen dritten Mann, der vielleicht auch etwas sensibler wäre. Schließlich hat auch sie ein Recht, wenn nicht gerade auf einen Märchenprinzen, so doch zumindest auf einen Mann, der sie liebt. Vorerst aber verbietet ihr ja keiner, sich vorzustellen, daß Alberto Sanna ihr Pik-König ist.

Daß Marina mit ihr angebändelt hat, ist natürlich kein Zufall, sondern Teil eines von Anima Nera ausgeheckten Plans. Anima Nera hat sich an jenem Abend mit der spiritistischen Sitzung allzu sehr amüsiert, um es nicht noch einmal zu versuchen. Die Schneiderin muß seiner Meinung nach weiter «bearbeitet» und, wie er sagt, bis zur letzten Lira ausgequetscht werden. Und da eine seiner Freundinnen, die Marina eben, sich aufs Kartenlegen versteht, warum sollte man da nicht das Angenehme mit dem Nützlichen verbinden, sich auf Kosten Rosas amüsieren und dabei ein paar Scheine verdienen?

«Ich verschaff dir die Informationen, und du knöpfst sie dir vor», hatte er zu seiner Komplizin gesagt. «Auch wenn wir sie um ein paar Hunderttausend erleichtern, spielt das keine Rolle, wir machen sie ja glücklich.»

So seltsam es erscheinen mag, Anima Nera hatte sein Opfer tatsächlich bis ins Innerste verstanden: Rosa war in ihrem ganzen Leben noch nie so glücklich gewesen wie während der gespielten spiritistischen Sitzung. Und jetzt ist sie noch glücklicher. Mit klopfendem Herzen starrt sie auf die Karten und nimmt alles für bare Münze, was ihr erzählt wird.

«Du bist schon komisch!» meint Marina, während sie die Herz-Dame einmal neben den einen und einmal neben den anderen Buben legt. «Du bist wie wild auf die Liebe, und gleichzeitig versuchst du offenbar, ihr aus dem Weg zu gehen. Gerade so, als ob eine früher erlebte Geschichte dir den Vergleich zwischen dem idealen Mann und denen, die dir heute in Fleisch und Blut nahestehen, unerträglich machte.»

Du lieber Gott, denkt Rosa, wie genau sie das Problem erkannt hat: den Gegensatz von Traum und Wirklichkeit! Wie oft hatte sie schon Sanna mit ihrem Traummann verglichen, und wie oft hatte sie einsehen müssen, daß es sich um zwei völlig verschiedene Menschen handelte. Sicher, die Liebe brachte immer «Wonne, Leid und Entzücken», aber wenn sie nur Schmerz und so wenig Wonne brachte, konnte man schon mutlos werden. Welche Wonne überhaupt? Alberto war doch völlig unfähig, irgend jemandem Wonne zu bereiten.

«Stimmt es, daß du vor langer Zeit hier in Paris eine große Liebesgeschichte erlebt hast?» fragt Marina und sieht ihr fest in die Augen.

Rosa weiß nicht, was sie antworten soll; sie würde ihr am liebsten alles erzählen, aber sie traut sich nicht. Dann, als sie schließlich doch aus sich herausgehen will, stürzt der Regieassistent wie eine Furie in das Gasthaus.

«Ja, was ist denn hier los? Ihr macht euch wohl einen schlauen Lenz?» schreit er wie gewohnt durchs Megaphon, obwohl er sich hier in einem öffentlichen Lokal befindet. «Was für ein Haufen von Nichtstuern! Los jetzt, an die Arbeit, die Sonne scheint wieder!»

Auf jene erste Sitzung folgen noch viele andere und alle gegen Bezahlung. Mindestens ein Drittel von Rosas Arbeitslohn landet im Lauf der Tage in den Taschen der unersättlichen Verbrecherbande «Marina Moffa & Anima Nera».

Anima Nera fragt die Garderobiere morgens über ihren Seelenzustand aus, und abends legt ihr Marina die Karten. Das Problem ist, sagt die Kostümbildnerin, das *Karma*.

«Was ist denn das, das Karma?» fragt Rosa.

«Es ist die Summe aller Handlungen, die du in diesem Leben und im vorigen Leben begangen hast. Wobei jede Handlung jedoch alle künftigen Handlungen bedingt und gleichzeitig eine Auswirkung der vorhergehenden ist.»

Aber Rosa kann ihr nicht folgen. «Was ich wirklich

überhaupt nicht verstehe, ist gerade diese Sache mit der Karma. Wenn ich in einem früheren Leben Alphonsine Plessis gewesen bin, also eine Kurtisane, dann müßte ich mich doch an irgendwelche Sexgeschichten erinnern, oder? Was weiß ich ... an eine Liebesnacht in den Armen von Alexandre Dumas oder eines Pariser Adligen. Aber ich kann mich an gar nichts erinnern und bin sogar ehrlich gesagt in erotischen Dingen nicht gerade besonders erfahren. Ich will ja nun meine Ahnin bestimmt nicht rügen, aber diese Alphonsine hat es doch in ihrem kurzen Leben ehrlich gesagt ganz schön getrieben. Die muß ja eine endlose Karma haben ...»

«Ein Karma, nicht eine Karma», korrigiert sie Marina. «Karma ist sächlich und steht sowohl für die vollbrachten Handlungen wie für deren Folgen. Es ist also sozusagen das Ergebnis von allem, was du getan hast.»

Auf diese Weise wird Rosa nun immer karmaabhängiger und muß außer dem Verhältnis des Pik-Königs zur Herz-Dame nun auch noch die Einflüsse der Sterne berücksichtigen.

«Es ist besser, wenn du dich heute nirgends sehen läßt», sagt Marina eines Tages zu ihr. «Du hast Merkur in Gegenposition.»

«Was habe ich ihm denn angetan?»

«Nichts Besonderes, aber er ist jetzt in den Steinbock eingetreten, und das bringt dir kein Glück.»

«Dieser verfluchte Merkur!»

Eines schönen Tages erfolgt dann die große Offenbarung, als hintereinander der Pik-König, die Treff-Dame und die Herz-Dame zum Vorschein kommen. Und damit wird nun klar, daß Alberto Sanna die Reinkarnation von Alexandre Dumas fils, dem Verfasser der *Kameliendame*, ist, wie es Rosa ja schon seit jenem Tag, als sie zum Montmartre gegangen ist, geahnt hat. Aber jetzt muß der Betroffene natürlich noch davon überzeugt werden. Die arme Rosa versucht es auf jede nur erdenkliche Weise.

«Weißt du, daß wir beide uns in einem früheren Leben geliebt haben?»

«Wir beide? Ja war ich denn verrückt?»

«Nein, du warst nicht verrückt. Du warst Alfred Germont, und ich war Violetta Valéry.»

«Was hab ich denn mit diesem Alfred zu tun? Ich bin doch völlig anders, viel praktischer.»

«Erstens einmal», antwortet Rosa, «fängt dein Name mit A an.»

«Na und? Sollen denn alle, deren Name mit A anfängt, was weiß ich ... Andrea, Alfonso und Arcibaldo ... eine Reinkarnation Alfreds sein?»

«Nein, warum denn? Es ist nur so, daß alle, die die Kameliendame geliebt haben, einen Namen hatten, der mit A anfing: Alexandre Dumas, Armand Duval und Alfred Germont.»

«Du kannst mir hier manches erzählen, ich kann jedenfalls niemals Alfred gewesen sein.»

«Und warum?»

«Weil Alfred ein Trottel war, einer, der sich über beide

Ohren verliebt hat. Dagegen darf ich von mir sagen, daß ich die Frauen stets so behandelt habe, wie man sie behandeln muß, nämlich mit Härte. Sieh dir doch nur einmal meine Frau an, wenn die nur einen Muckser wagt, fliegt sie gleich raus und kann sehen, wo sie bleibt. Die Frauen haben ihre Pflicht zu erfüllen und sonst gar nichts, das heißt, sie müssen gut im Bett und in der Küche sein. Mehr verlange ich nicht. Aber dann kommen solche wie dieser Alfred daher und verderben sie einem. Na ja, weil einen diese Biester ja sofort ausnutzen: sie lassen sich Schmuck, teure Kleider, Pelze kaufen und sind obendrein auch noch eifersüchtig. Natürlich war meine Frau in den ersten Jahren unserer Ehe noch nicht so wie jetzt, ich habe sie mir eben erzogen. Anfangs hat sie sogar versucht, mich mit ihrer Eifersucht zu verfolgen: ‹Wo bist du gestern abend gewesen? Mit wem hast du am Telefon geredet? Wer ist diese Giuseppina, die dich jeden Tag anruft?› Das Übliche eben. Da habe ich ihr eines Tages eine Ohrfeige gegeben, natürlich keine starke, und habe zu ihr gesagt: ‹Hör mal gut zu, Giovanna, ich bin ein Künstler, und ein Künstler braucht völlige Bewegungsfreiheit. Wenn ich im Film Liebesszenen spiele, dann muß ich ja wohl vorher in Wirklichkeit üben. Wenn du also siehst, daß ich mit einer rumpoussiere, reg dich nicht auf, denn ich tu nur meine Arbeit!›»

Unvorstellbar, daß so einer ans Karma glauben könnte! Aber Rosa bildet sich ein, daß alles ganz wunderbar zusammenpaßt: ihre Zuneigung zu ihm, die Hingabe, mit der sie ihm vom ersten Tag an gefolgt ist, das heftige

Unbehagen, das sie gleich bei ihrer Ankunft in Paris befallen hat, und so viele andere Einzelheiten, die ihr pausenlos auffallen, die er aber absolut nicht zur Kenntnis nehmen will.

Doch steter Tropfen höhlt den Stein, und so gelang es ihr eines Tages doch, ihn dazu zu überreden, sich von Marina die Karten legen zu lassen.

«Dies hier sind Sie», hebt die Kartenlegerin an und zeigt ihm den Pik-König, «und dies hier ist Rosa.»

«Und die da?» fragt Alberto, während er auf die Pik-Dame zeigt, die gleich darauf zum Vorschein gekommen ist.

«Das ist Ihre Frau Giovanna.»

«Das hab ich doch gewußt. Die klebt doch immer an mir wie ein Blutegel!» schimpft er los und ruft den Himmel zum Zeugen an, sucht aber im nächsten Augenblick schon nach einer konkreteren Lösung: «He, Marì, gib mir doch mal 'nen guten Rat: Wie werd ich die nur los?»

«Keine Ahnung. Ich kenne sie ja auch gar nicht.»

«Kannst du ihr nicht was anhexen?»

«Was anhexen!» ruft Marina entsetzt aus. «Was glauben Sie denn, wen Sie hier vor sich haben? Ich bin doch keine Magierin, sondern eine Kartenlegerin. Ich deute nur, was in den Karten steht.»

«Und was steht in den Karten?» fragt Sanna mißtrauisch.

«Daß Sie sich in diesem Film selbst finden.»

«Was soll'n das heißen?»

«Ich weiß nicht.»

«Aber ich weiß es», mischt sich Rosa strahlend ein. «Daß du entdecken wirst, die Reinkarnation von Alfred, also von Armand zu sein und wieder Violetta lieben wirst, das heißt Marguerite, das heißt ...»

Fast hätte sie ihr Zögern überwunden und auch noch «mich» hinzugefügt, als Alberto vom Stuhl aufspringt und wütend davonläuft.

«Was für ein fürchterlicher Quatsch! Aber eines sage ich euch: Von mir kriegt ihr keine Lira!»

Damit hatte Rosa natürlich gerechnet und deshalb auch alles schon im voraus bezahlt.

10

Nieder mit Verdi

Sanna ist gerade fertig mit dem Abschminken. Heute hat er Geburtstag: geschlagene siebenundfünfzig Jahre! Aber wer hat die denn geschlagen? Der Herrgott? Und warum? Na, ganz einfach: damit er sich daran erinnert, daß er sterben muß! Nein, dies ist kein schöner Tag, dies ist ein Wechsel, den er am Lebensschalter einlösen muß, um Geburtstag nach Geburtstag ratenweise zu sterben, ohne jeden Aufschub. Fürs erste ist seine Jugend dahin, fast unbemerkt ist sie gestorben und liegt jetzt da im Sarg mitsamt der Person, die er einmal gewesen ist, nämlich der schönste Schauspieler des italienischen Films, der Clark Gable von Cinecittà, wie der «Corriere della Sera» ihn einmal genannt hat. Sanna untersucht seine Falten vor dem Spiegel und hat den Eindruck, daß über sein Gesicht von unten nach oben der Abspann seines Lebens läuft. Als letztes erscheint das Wort ENDE, und zur musikalischen Untermalung spielen die Posaunen des Jüngsten Gerichts.

«Alberto Sanna», ruft eine hohle Stimme, «wieder ist ein Jahr vergangen, und du hast ein Jahr weniger zu leben!»

Er reibt sich noch einmal Reinigungsmilch ins Gesicht,

aber die vom stundenlangen Schminken strapazierte Haut erweist sich noch schlaffer als angenommen. Daran kann man sie ablesen, seine siebenundfünfzig Jahre! Sie lauern zwischen den Falten wie gemeine Heckenschützen. Sobald er sich das Gesicht abwäscht, kommen sie zum Vorschein.

Die Crew erwartet ein Abendessen mit Champagner? Daran soll es nicht liegen, er wird sie gern einladen, aber nur unter der Bedingung, daß keiner die Zahl siebenundfünfzig laut ausspricht. Und wenn sie unbedingt auch die Geburtstagstorte will, kann sie auch die beim Konditor bestellen, aber um Gottes willen ohne diesen verfluchten Wald von Kerzen zur Gedächtnisstütze. Eine einzige, vielleicht etwas größere Kerze ist mehr als genug, wenn er sie nur ohne dieses Beifallgeklatsche und die Prosterei mit den aneinanderklingenden Gläsern ausblasen darf. Mit anderen Worten, er ist ganz und gar nicht zum Feiern aufgelegt. Wenn er bis gestern dreißig Jahre wegschminken mußte, dann sind es jetzt einunddreißig, was zur Folge hat, daß er noch zehn Minuten länger im Schminkraum bleiben muß, um sich das Aussehen von Alfred zu verleihen.

Seine Frau hingegen und vor allem diese dämliche Rosa sind vor Freude ganz aus dem Häuschen. Sie sind froh, daß er ein bißchen älter geworden ist. Ein Jährchen mehr auf dem Buckel macht ihn doch verletzlicher, abhängiger von ihrer Zuneigung und Hilfe. Wie wenig sie ihn in Wirklichkeit verstehen, erkennt man doch schon an den Geschenken, die sie ihm gemacht haben: seine

Frau ein goldenes Zigarettenetui mit dem eingravierten Geburtsdatum, seine Garderobiere eine Schachtel mit allen Souvenirs der Kameliendame... ausgerechnet ihm, Alberto Sanna, der es gar nicht mehr erwarten kann, endlich die Rolle dieses Trottels Alfred abzulegen.

Die Produktionsleitung hat für das Geburtstagsfest eine Gaststätte in der Gegend von Clichy requiriert und mit Girlanden, bunten Glühbirnen und Obstkörben ausschmücken lassen. Auch der Produzent, Cavalier Marchetti, ist eigens aus Rom angereist. Er erscheint wie immer mit allen Insignien der Macht: schwarze Limousine, Chauffeur in Uniform, goldene Rolex und eine Blondine von unbekannter Nationalität. Sanna lächelt alle an: seine Frau, den Produzenten, die Blondine und die ganze Crew.

«Danke, danke, daß ihr gekommen seid», sagt er gerührt, während die Geladenen der Reihe nach das Lokal betreten und ihm ihr Geburtstagsgeschenk in die Hand drücken, aber man merkt gut, daß er nur schauspielert.

Signora Giovanna betrachtet ihn zärtlich.

«Je älter er wird, desto besser wird er», vertraut sie dem Regisseur an.

«Ach, war er früher schlimmer?» fragt dieser hämisch.

«Na, als junger Mensch ist man doch immer eine Spur oberflächlicher.»

«Wie mag er da wohl gewesen sein!»

Dann kommt der Augenblick der Trinksprüche. Die Flaschen, natürlich französischer Champagner, werden entkorkt. Sanna erhebt sich, und alle verlangen eine Rede von ihm. Er blickt sich mit einstudierter Langsamkeit um, und während er darüber nachdenkt, was er sagen soll, versucht er Amedeo Nazzari beim Trinkspruch im Film *Cena delle beffe* nachzuahmen, aber leider fällt ihm dann doch nichts ebenso Feierliches ein.

«Meine lieben Freunde, danke. Ich danke euch allen. Ich weiß nicht, wie ich euch danken soll», deklamiert er theatralisch, um Zeit zu gewinnen. «Heute sind wir in Paris, während wir letztes Jahr in Rom waren.»

«In Cinecittà», erläutert Anima Nera genauer.

«Ein ganzes Jahr ist seither vergangen, Freunde, ohne daß wir es so richtig bemerkt haben. Es ist vergangen wie eine Stunde, eine Minute. Letztes Jahr waren wir alle im Studio Vier. Könnt ihr euch noch daran erinnern? Es war so drückend heiß, daß man kaum atmen konnte. Ich erinnere mich, daß wir damals *Die Camorra-Königin* drehten. Auch heute ist es heiß, und wir drehen *La Traviata*. So sind wir also praktisch von einer Nutte auf die andere gekommen.»

Alle lachen, nur Rosa nicht, die keinen Sinn für solche Scherze hat.

«Aber nein!» protestiert sie entrüstet. «Violetta war keine Nutte!»

«Was war sie denn sonst, eine Heilige vielleicht?» fragt Sanna ironisch.

«Sie war eine liebende Frau, die nur ekelhafte Alte um

sich hatte. Wenn sie eine Nutte gewesen wäre, hätte sie nicht, um ihren Geliebten über Wasser zu halten, alles verkauft, was sie besaß: Kutsche, Schmuck und Pelze. Denn schließlich war Alfred ein junger Arbeitsloser, der völlig mittellos dastand.»

«Woher wollen Sie denn so genau wissen, in welchen Verhältnissen Dumas fils gelebt hat?» tadelt sie prompt der Professore. «Vielleicht war es doch eher so, daß Violetta, das heißt Alphonsine, die Urheberrechte seines Vaters im Auge hatte.»

«Augenblick», mischt sich der Produzent ein, «nicht, daß ich jetzt hier Partei für die Kameliendame ergreifen will, aber Dumas père war bekannt dafür, daß er immer abgebrannt war. Ich habe irgendwo gelesen, daß ihm sein Verleger, um ihn zur Arbeit zu zwingen, niemals auch nur den kleinsten Vorschuß gab; er zahlte erst bei Ablieferung, und zwar ein bestimmtes Zeilenhonorar, und nützte auf diese Weise Dumas' ständige Geldnot aus. Und außerdem ist man auch zu schnell dabei, Violetta eine Nutte zu nennen. Sie war doch wohl von der blanken Not getrieben.»

Bei dem Wort «Nutte» schielen alle, wer weiß warum, zu der Blondine hinüber, die, ohne ein Lebenszeichen von sich zu geben, vor sich hin starrt.

«Ich weiß eben», beharrt Rosa, «daß sie, als Alfreds Vater sie anfleht, auf seinen Sohn zu verzichten, damit die Ehe seiner Tochter nicht scheitert, keine Gegenleistung verlangt. Ja, sie beruhigt ihn sogar und trägt ihm auf: *Wenn Ihre Tochter fragt, / mögen Sie sagen, / für*

Ihres Lebens Glück / will ich entsagen. / Doch wird ein einziger Trost / in all meinem Kummer bei mir bleiben: / mein ganzes Glück / bracht ich als Opfer dar / für Ihr Kind, für Ihr Kind!

«Du lieber Himmel, genug!» explodiert Gaslini. «Genug mit diesen süßlichen und grammatikalisch völlig falschen Versen! Ich hasse Francesco Maria Piave, der sie verfaßt hat, und Giuseppe Verdi, der sie vertont hat. Ich hasse diesen ganzen Kitsch, das Pappmaché des italienischen Melodramas und auch seine Melodien, von der ersten bis zur letzten Note!»

«Mein lieber Professore, ich habe den Eindruck, daß Sie nicht nur das Melodrama hassen, sondern auch die ganze übrige Musik«, bemerkt der Produzent.

«Ganz richtig: ich hasse sie. Schließlich muß man sich doch einmal bewußtmachen, daß die Musik eines der raffiniertesten Mittel ist, um einfältige Seelen hörig zu machen!»

«Auch die der großen Komponisten?»

«Vor allem die der großen Komponisten.»

«Das habe ich mir doch gedacht», bricht es aus Rosa hervor. «Ihre ganze Abneigung gegen alles, was mit Liebe, Gefühlen, Zuneigung zu tun hat, läßt sich nur auf eine Weise erklären: Sie sind in Bergamo geboren.»

«Was hat denn das mit Bergamo zu tun?» protestiert der Professore und sieht sich um. «Auch Donizetti ist in Bergamo geboren und war doch ein großer Komponist, er hat sogar, wenn ich nicht irre, das Lied *Te voglio bene assaie* vertont, das Sie ja wohl gut kennen.»

«Heißt das, daß Ihnen nicht einmal Beethoven gefällt?» legt nun Marchetti los.

«Du lieber Himmel, warum versteht mich denn hier keiner», platzt Gaslini heraus, indem er den Himmel zum Zeugen anruft. «Ich habe ja nicht gesagt, daß mir die Musik nicht gefällt, sondern daß ich sie gefährlich für die Menschheit finde.»

«Das soll ein Mensch verstehen!» meint Rosa nur.

«Dann hört mir mal zu», fährt Gaslini nun entschlossen, seinen Gedanken zu entwickeln, fort. «Der Mensch ist eine Mischung aus Vernunft und Gefühl, von Verstand und Bauch, von göttlicher Prägung und animalischen Impulsen. Natürlich betrachten sowohl die Philosophie als auch die Mathematik die Welt der Emotionen mit Mißtrauen, einfach deshalb nämlich, weil ein weiser Mensch sich weder hinreißen noch niederschlagen läßt, weder haßt noch liebt, weder weint noch lacht ...»

«... was für ein abstoßender Mensch», wirft Rosa ein.

«... und sich bemüht, sich nicht von seinen Leidenschaften bedingen zu lassen», fährt der Professore unerschütterlich fort. «Nehmen wir zum Beispiel einmal die Militärkapellen. Es gibt doch nichts Verbrecherischeres, als eine von einer Militärkapelle gespielte vaterländische Hymne. Da sind auf der einen Seite die Blechbläser und Trommeln und auf der anderen Seite tausend junge Menschen, die, nur weil ein paar Generäle das so bestimmen, in den Tod gehen. Bei den Schotten ist es ja noch schlimmer: Sie sterben, indem sie hinter Dudelsäcken herlaufen. Die Marseillaise, das Deutschlandlied und

Fratelli d'Italia haben insgesamt mehr Todesopfer verursacht als Malaria und Cholera zusammen.»

«Aber was erzählen Sie hier von Militärkapellen?» wundert sich Rosa, «wir sprechen doch über die Liebe ... über die Poesie ... und Lieder ...»

«Die Lieder können ebenso gefährlich sein wie die Militärkapellen. Vor kurzem kam im Fernsehen ein Dokumentarfilm über die Beatles. Und obwohl die Beatles an Musik für die Jugend wahrscheinlich weit und breit noch das Beste geboten haben, ist auch durch diese Musik der animalische Instinkt in uns geweckt worden. Ich habe fünfzehnjährige Mädchen gesehen, die hysterische Anfälle bekommen haben, die weinten und sich die Haare rauften. Ich habe junge Kerle gesehen, die wie die Derwische herumgezappelt haben. Kurz, ich habe gesehen, wie tausend Individuen sich in wilde Tiere zurückverwandelt haben.»

«Was reden Sie hier von wilden Tieren?» hält ihm Rosa mit lauter Stimme entgegen. «Das ist Instinkt, Lebenslust, Lust, sich mit den andern zu verbrüdern.»

«Und was ist der Instinkt anderes als der animalische Überrest in uns?»

«Dann sind also auch Beethoven und Mozart Tiere?» fragt der Produzent.

«Wenn man sie mit Sokrates vergleicht, bestimmt. Man braucht ja nur die Mischung genau zu untersuchen. Bei Sokrates haben wir hundert Prozent Ratio und null Prozent Animalisches, bei Beethoven hingegen kann man ohne weiteres von fifty-fifty ausgehen.»

«Ich will Ihnen jetzt hier nicht widersprechen», erwidert der Produzent, der vor seiner Zeit beim Film eine ganze Menge guter Bücher gelesen hat, «aber soweit ich weiß, hat auch Sokrates noch angefangen, Flöte zu spielen, und zwar eine halbe Stunde bevor er den Giftbecher leerte.»

«Ja, das weiß ich ja, und ich muß Ihnen gestehen, daß ich diese Geschichte nie so richtig geglaubt habe. Platon erwähnt sie im übrigen mit keinem Wort. Aber selbst wenn sie stimmt, dann hätte Sokrates doch nur deshalb Flöte gespielt, um die Stimmung seiner Schüler, die ihn besuchten, ein wenig zu heben.»

Rosa hört ihm schon gar nicht mehr zu, sondern nimmt ihn nur noch als unbestimmtes und lästiges Hintergrundgeräusch wahr. Wie konnte ein Mensch nur so sein wie der Professore? War er denn nie auch einmal jung gewesen? Hat er nie den Kopf wegen einer Frau verloren? Hat er nie ein Liebesgedicht geschrieben? Sie hatte einmal eines verfaßt, das so begann:

> Wenn ich dich sehe, zittere ich,
> wenn ich zittere, träume ich von dir,
> und wenn ich von dir träume, sehe ich dich.

Leider hatte sich auch dieser Traum in Luft aufgelöst, bevor sie den Mann noch richtig kennenlernte. Er wohnte im gleichen Haus wie sie, in der Via Bisignano in Chiaia und studierte Jura. Sie begegnete ihm oft im Aufzug, hatte aber nie den Mut, ihn anzusprechen. Außerdem wohnte er im zweiten Stock, so daß die Fahrt im Aufzug immer blitzschnell zu Ende war. Und als sie eines Tages dann fest entschlossen war, ihn doch anzusprechen, sah sie ihn mit einem Koffer aus der Haustür gehen.

«Reisen Sie denn ab?» fragte sie.

«Ja, ich kehre in mein Dorf zurück», erwiderte er.

Er hatte einen Pappkoffer wie ein Emigrant. Bestimmt war er sehr arm.

Aber Gaslini schwingt noch immer große Reden.

«Im vierten Jahrhundert v. Chr. gab es in Athen einen gewissen Pherekrates, der in zerrissenen Kleidern vor die Richter trat und behauptete, von der sentimentalen Musik vergewaltigt worden zu sein. Und Alkibiades hielt Musik für eine unpädagogische Darbietung, die eines freien Menschen nicht würdig sei. Er sagte immer: ‹Überlassen wir das Spielen doch den Thebanern, sie verstehen ja nicht zu reden!›»

Je länger sich der Professore in Zitaten verbreitet, desto mehr flüchtet sich Rosa in Erinnerungen. Mit fünfzehn hatte sie sich in einen Jungen aus Sorrent verknallt. Er sang immer für sie: *Io te vurria vasà* (Ich möchte dich küssen), und sie schließt die Augen halb, um sich die Szene besser auszumalen. Das Leben war doch nur deshalb lebenswert, weil man sich zum Glück von Zeit zu Zeit in jemanden verliebte.

Aber wie sollte man dies einem Menschen begreiflich machen, dem es noch nie den Atem verschlagen hat? Der noch nie mit Bangen auf einen Telefonanruf gewartet hat? Der noch nie nachts in seine Kissen geweint hat? Es gab eben zwei Sorten Menschen, die Lichtjahre voneinander getrennt waren: solche wie sie, die übersensibel waren, und solche wie den Professore Gaslini oder wie ihren ehemaligen Verlobten Ascanio, die gefühllos und kalt waren.

Schade um sie, denkt Rosa, denn sie wissen ja gar nicht, was ihnen verlorengeht. Ihr Alberto zum Beispiel hat sich noch kein einziges Mal verliebt. Das hat er ihr eines Tages selber erzählt:

«Mich hat noch keine reingelegt. Ein einziges Mal habe ich mich in eine Brünette verliebt, aber das habe ich ganz schnell hinter mich gebracht, weil ich damals schließlich auch etwas anderes zu tun hatte. Ich war blutjung, hatte überhaupt kein bißchen Geld und spielte nur winzige Rollen.»

«Und wer war das?»

«Eine aus Vigevano . . . Wie hieß sie gleich? Sie hieß . . . Maria Montenero . . . nein, Mariuccia Montebianco . . . ich kann mich nicht mehr genau erinnern, aber die hatte einen so tollen Arsch, daß der Regisseur sie immer von hinten aufnahm.»

«Und wie ging es aus?»

«Es ging so aus, daß sie auch dem Produzenten gefiel. Und weil die Brünette mit mir bumste, und nicht zu wenig, nahm der Produzent mich eines Tages beiseite und sagte, he, Alberto, laß die Finger von dem Mädchen, dann bessere ich dir auch deine Lohntüte ums Doppelte auf. Und weil ich das damals wirklich ganz dringend gebraucht habe, habe ich eben verzichtet...»

Wie soll man denn einem Mann, der die einzige Frau, in die er in seinem Leben verliebt war, verkauft hat, erklären, was die Reinkarnation ist! Wie soll man ihn davon überzeugen, daß auf dem Montmartre-Friedhof ein Grab ist, das er besuchen sollte? Darum angefleht hat sie ihn geradezu, aber es war nichts zu machen.

«Wenn du es nur aus der Ferne siehst», hat sie zu ihm gesagt, «merkst du gleich, daß mit dir innerlich was geschieht.»

«Wo innerlich?»

«In deinem Innern, in deinem Herzen.»

«Was soll denn da geschehen?»

«Ich weiß nicht... du fühlst ein Erschaudern... ein Herzklopfen.»

«Mensch Rosa, auf den Friedhof will ich nicht mal als Leiche. Wenn du jetzt sagen würdest, wir sollen in den Tour D'Argent und mal gut essen, da wäre ich gleich dabei, aber Gräber anglotzen, nein, wirklich nicht. Das fällt mir nicht im Traum ein. Was geht mich dieser Dumas an mit all seinen Bettgeschichten und dem Roman, den er geschrieben hat! Ja, wenn sie mir die Urheberrechte geben würden, die den Erben zustehen, da hätte ich natürlich nichts dagegen, da würde ich mir einen Anwalt nehmen und der französischen Regierung den Prozeß machen. Aber was soll ich denn den Richtern erzählen: ‹Meine Herrschaften, hier ist meine persönliche

Garderobiere, Fräulein Rosa Grieco, die sagt, ich sei die Reinkarnation von Alexandre Dumas fils, und deshalb müßt ihr alle Einnahmen aus der *Kameliendame*, auch die aus früheren Zeiten, an mich abführen›? Die würden mich doch entweder verhaften oder mich in die Klapsmühle einweisen!»

11
Juliette

Alberto Sanna sitzt im Taxi, um in ein kleines Restaurant auf der Ile-Saint-Louis zu fahren. Dort will er sich mit Cesare Lentini, genannt der Stöpsel, treffen, einem ehemals schmächtigen Mitschüler aus der 3c des Giulio-Cesare-Gymnasiums in Rom, der immer Klassenprimus war und den er seit der Schulzeit – oder besser gesagt, seit er selber von der Schule abgegangen war, um Schauspieler zu werden – nie mehr wiedergesehen hat.

Es war der Stöpsel, der Kontakt mit ihm aufnahm; er rief ihn gleich an, nachdem er gehört hatte, daß Sanna in Paris einen Film drehte.

«Hier ist Cesare.»

«Welcher Cesare?»

«Cesare Lentini, genannt der Stöpsel.»

«Stöpsel? Aus dem Giulio-Cesare-Gymnasium?»

«Genau der.»

«Was machst du denn hier in Paris?»

«Ich arbeite hier, unterrichte Italienisch. Aber jetzt nennt mich niemand mehr Stöpsel. Alle nennen mich nur noch Monsieur Lentini, mit dem Akzent auf dem zweiten I.»

«Und wo unterrichtest du?»

«In einer Art Volkshochschule innerhalb der Sorbonne. Es kommen vor allem ältere Leute.»

«Und warum gerade in Paris?»

«Weil ich eine Französin geheiratet habe, eine Arbeitskollegin.»

Nachdem sie die ersten Höflichkeitsbezeugungen ausgetauscht hatten, beschlossen sie, sich zum Abendessen zu treffen. Lentini kannte ein kleines Restaurant auf der Ile-Saint-Louis, wo man nach seiner Aussage göttlich aß.

«Stimmt das, daß du auch deine Frau mit nach Paris gebracht hast?» fragte der Stöpsel.

«Ja, das stimmt, aber sie geht abends nicht gern aus. Und wie steht es bei dir?»

«Was meinst du?»

«Ich meine, was die Weiber betrifft!»

«Wie gesagt, ich bin verheiratet.»

«Gut, aber ich meine jetzt Weiber», prustete Sanna heraus, der schon als Junge keine hohe Meinung von Lentinis Intuition hatte. «Du wirst doch in diesem Paris wenigstens ein paar ansehnliche Frauen kennen? Eine nette kleine Französin, die einen ein bißchen aufmuntern kann!»

«Na ja, die Freundinnen meiner Frau sind nicht gerade sehr aufregend, ehrlich gesagt. Vielleicht könnte ich ihre Kusine fragen, eine gewisse Juliette, aber die ist höchstens zwanzig Jahre alt.»

«Und da sagst du, du kennst keine! Dabei braucht man dich ja nur ein bißchen auszuquetschen! Also hör gut zu:

Ruf diese Juliette an und sag ihr, sie soll sich in Schale werfen. Ruf sie sofort an, bevor sie uns ein anderer wegschnappt. Du hast eben dein Leben lang immer schon einen gebraucht, der dir auf die Sprünge helfen mußte!»

Nachdem er das Restaurant betreten hat, fragt Sanna die Kellner nach Monsieur Lentini (mit dem Akzent auf dem zweiten I), aber keiner kennt ihn. Er versucht auch zu sagen *«Il a réservé pour quatre»*, aber sie weisen ihm keinen Tisch zu. Der Trottel wird doch nicht vergessen haben, einen Tisch zu bestellen? fragt er sich, aber bevor er ihn noch innerlich verfluchen kann, betritt der «Trottel» in Begleitung zweier Damen das Lokal. Die eine ist sehr hübsch, vielleicht ein bißchen klein, aber sehr gut gebaut, und erinnert ihn an die Valentina aus Crepax. Die andere ist keine Schönheit, ältlich, mit Hakennase und einer Warze auf der linken Wange. Das ist seine Ehefrau, denkt Sanna bei sich und hat damit völlig recht.

«Kannst du dich noch erinnern, wie wir mal unters Katheder gepinkelt haben?» fragt Sanna.

«Ehrlich gesagt bist du das gewesen, und dann sind wir alle dafür bestraft worden: zwei Stunden Nachsitzen.»

«Und wie wir mal in Ostia waren und der Kunstgeschichtslehrerin ... wie hieß sie noch ... den Streich mit dem Pornofoto gespielt haben?»

«Signorina Girosi hieß sie, und auch für diesen Streich

bist du ganz allein verantwortlich. Der Direktor hat gedroht, die ganze Klasse von der Schule zu verweisen, wenn sich der Schuldige nicht stellte. Aber du hast dich nicht gemeldet.»

«Um was geht es denn?» fragt Lentinis Frau mit französischem Akzent.

«Um nichts Wichtiges», meint Lentini, der die Geschichte offenbar für nicht salonfähig hält und sie nicht erzählen will, schon gar nicht bei Tisch. Aber Sanna erzählt sie natürlich trotzdem.

«Das war so: Einmal Ende Mai haben wir einen Klassenausflug nach Ostia gemacht, um den römischen Hafen zu besichtigen, und da hat einer von uns vorgeschlagen, auch noch ein Bad im Meer zu nehmen. Die Kunstgeschichtslehrerin war gleich einverstanden... Übrigens, wie hieß sie eigentlich?»

«Signorina Girosi», wiederholt der Stöpsel, nunmehr in sein Schicksal ergeben.

«Signorina Girosi war sogar als erste im Wasser», fährt Sanna fort, «und während sie also schwamm, gingen ein paar von uns in ihre Kabine und einer...»

«Das warst ehrlich gesagt du...»

«... und ich habe meine Intimitäten, um es einmal so zu nennen, mit dem Fotoapparat der Lehrerin aufnehmen lassen. Wie mögen sie sie wohl in dem Fotogeschäft angesehen haben, als sie dort ihre Abzüge abholte!»

«Der Schuldirektor», fügt Lentini hinzu, «wollte uns der Reihe nach entkleiden, um einen Vergleich mit dem Foto anzustellen.»

«Was bestand für dich schon für eine Gefahr?» meint Sanna hämisch und leicht schmierig. «Du wärst doch nie als Schuldiger in Frage gekommen.»

Auch Juliette lacht, obwohl sie nichts versteht, denn sie kann kein Wort Italienisch. Sie wendet sich hilfesuchend an Lentinis Frau, die es aber vorzieht, über diese Schulerinnerung hinwegzugehen.

«Und du, womit beschäftigst du dich so?» wendet sich Sanna an das Mädchen.

«Qu'est-ce que tu veux faire dans ta vie?» übersetzt Lentini.

«Moi? Je voudrais faire du cinéma!»

»Cinéma?» fragt Sanna, der verstanden hat. «Da hast du dir aber wirklich einen schlechten Zeitpunkt ausgesucht, Mädchen: *cinéma kaputt, compris?*»

«Dommage!» seufzt Juliette. *«Moi, je voudrais aller à Roma, à Cinecittà, pour connaître Mastroianni.»*

«Wenn du willst, kannst du mit mir nach Rom kommen. Aber es wird schwer sein, als Schauspielerin Arbeit zu finden. Wenn es mal irgendwo eine winzige Rolle gibt, muß immer erst mal ein Produzent oder ein Regisseur seine kleine Freundin unterbringen. Als Kostümassistentin oder als Ausstattungsgehilfin gäbe es keine Schwierigkeiten, aber als Schauspielerin hast du praktisch keine Chance. Stell dir vor, selbst für mich ist es manchmal ein Problem.»

«Steht es denn tatsächlich so schlecht um den italienischen Film?»

«Schlecht? Du hast keine Ahnung, wie schlecht: Amerikaner mußt du heute sein, wenn du überhaupt ein paar Kröten verdienen willst. Sieh dir zum Beispiel diesen Michael Douglas an, der *Basic Instinct* gedreht hat. Meinst du wirklich, daß einer mit einem dermaßen unbedeutenden Gesicht neben Sharon Stone in einem erotischen Film gut sein kann? Und wenn er zehnmal der Sohn von Kirk Douglas ist. Was glaubt ihr, was ich an seiner Stelle mit Sharon Stone angestellt hätte! Wirklich Hut ab vor den großen Alten Hollywoods: Gary Cooper, Cary Grant, Gregory Peck oder Clark Gable, aber diese Leichtgewichte heute... solche wie Michael Douglas könnten wir heute in Italien ein halbes Dutzend stellen, vielleicht sogar noch Schönere. Aber was geschieht bei uns? Rein gar nichts: alle nagen am Hungertuch, und schuld daran ist nur das verfluchte Fernsehen!»

«Also nichts zu machen für Juliette?» fragt Lentini.

«Sag ihr, sie soll nach Neuilly in die Villa kommen, wo ich arbeite. Vielleicht kann ich ja doch irgendwas für sie organisieren.»

12
Der Traum

Violetta hat einen tödlichen Haß auf den Karo-Buben», seufzt Marina kopfschüttelnd und fragt dann: «Wer kann nur dieser Karo-Bube sein?»

«Bestimmt der Professore», antwortet Rosa fest überzeugt. «Der ist ein großer Schuft. Er ist nur deshalb nach Paris gekommen, weil Marchetti ihm einen Haufen Geld geboten hat. Im Innersten aber haßt er *La Traviata* und alle, die gut über sie reden.»

«Vielleicht hast du recht», räumt Marina ein. «Hier, sieh mal, ich lüge nicht: Jedesmal, wenn in der Nähe von Violetta der Pik-König auftaucht, mischt er sich ein.»

«Der ist einfach neidisch! Vor ein paar Tagen war Alberto von ein paar Fans umringt, die ein Autogramm wollten, da ist Gaslini mit seiner gewohnten herablassenden Miene stehengeblieben und hat gesagt: ‹Ach, da kommt ja Laurence Olivier!›»

Die Sitzungen finden nun immer häufiger statt. Nur noch selten vergeht ein Tag, ohne daß die Garderobiere und die Kostümbildnerin sich in einen Winkel des Sets setzen und die Karten hervorziehen. Eine Minute, um die Karten zu mischen, abzuheben und zu legen, und schon ist

Rosa in Kontakt mit ihrer Seele aus dem vorigen Jahrhundert.

«Frag Violetta, wie sie das Fest findet, das wir gestern gedreht haben, das mit den *matadores*.»

«Ich glaube, es gefällt ihr nicht, denn sie ist ganz umgeben von niederen Karten.»

«Das ist doch klar: Der Regisseur hat sie gestern gezwungen, vor Alfreds Augen den Baron zu küssen! Gut, man weiß ja den Grund, weshalb die Ärmste nach Paris zurückgekehrt ist. Aber es ist doch ein Unterschied, ob sie am Arm ihres neuen Liebhabers die Szene betritt oder ob sie gezwungen wird, ihn vor aller Augen abzuküssen. Es ist doch ganz logisch, daß Alfred da durchdreht. Das Schlimme ist eben, daß das ganze Drehbuch von einem Macho-Standpunkt aus geschrieben worden ist. Der Regisseur und der Professore überbieten sich ja geradezu an Gemeinheit.»

«Warum hast du es ihm denn nicht gesagt?»

«Wem?»

«Dem Regisseur.»

«Was denn?»

«Daß Violetta den Baron nicht küssen darf.»

«Ja glaubst du denn, daß der auf mich gehört hätte!»

«Na ja, in einem gewissen Sinne bist du doch jetzt eine Expertin. Aber nun sag mir doch mal eines: Bist du wirklich so sicher, daß Violetta nur deshalb zu dem Baron zurückgeht, um Alfred zu beweisen, daß ihre Affäre beendet ist?»

«Du spinnst wohl!» erwidert Rosa, als fühlte sie sich

von Marina beleidigt. «Ich habe das Libretto der *Traviata* von A bis Z gelesen, ebenso den Roman von Alexandre Dumas, und du darfst mir ruhig glauben, daß in dem Fernsehfilm, den wir hier drehen, die Erpressung nicht deutlich wird.»

«Welche Erpressung?»

«Als Monsieur Germont Violetta in ihrem Liebesnest besucht, erzählt er ihr nicht nur die Geschichte von seiner Tochter, die wegen dem Skandal nicht heiraten kann, sondern er gibt ihr auch zu verstehen, daß sein Sohn sich in seinen Kreisen unmöglich macht, wenn er weiter mit ihr verkehrt. Und dies ist auch der Grund, warum Violetta ihn verläßt. In unserem Film hingegen hat man den Eindruck, daß sie gar nicht genau weiß, ob sie ihre Liebesaffäre fortsetzen oder wieder ihr mondänes Leben in Paris aufnehmen soll, und daß Germont sie dann zum letzteren überredet.»

«Ja, genau dies wird der Grund sein für die ganze Verstimmung», pflichtet ihr Marina bei, «aber dann sage ich dir, es ist einfach deine Pflicht, da einzugreifen.»

«Aber wie denn?»

«Siehst du diese Karte hier? Die Herz-Vier? Die bedeutet ‹Wahrheit›. Mit anderen Worten, Violetta will, daß Alfred die volle Wahrheit erfährt, und die mußt du ihm sagen. Du gehst also jetzt seelenruhig zu Sanna und erzählst ihm alles von Anfang bis Ende.»

«Ach, der läßt mich doch nicht einmal zu Wort kommen! Kannst du dich noch erinnern, wie er sich aufgeführt hat, als ich ihn mitgebracht habe, damit er sich von dir die Karten legen ließ? Und in der Zwischenzeit ist er noch schlimmer geworden. Er hat gesagt, daß Alfred ein armer Trottel sei und daß man eine wie Violetta am besten nach jedem Liebesdienst gleich bezahlt und nicht so einen Affenzirkus veranstaltet.»

«Und deshalb macht sich Violetta Sorgen», seufzt Marina. «Aber leider ist es eben so, daß die Männer heute ganz anders sind als früher, da wird nicht mehr lang herumgefackelt.»

«Wem sagst du das!» bricht es aus Rosa hervor. «Die Feministinnen freuen sich, weil sie angeblich die Gleichberechtigung erreicht haben. Aber was ist das denn für eine Gleichberechtigung? Früher sind die Männer in der Straßenbahn wenigstens noch aufgestanden und haben uns ihren Platz überlassen. Aber heute bleiben sie einfach sitzen und sehen uns unverschämt an, als wollten sie sagen: ‹Du hast doch die Gleichberechtigung gewollt, dann macht es dir ja wohl auch nichts aus, wenn du jetzt stehen mußt!› Wir sind für sie nichts als Papiertaschentücher: zuerst schneuzen sie die Nase hinein . . .»

«Die . . . Nase?»

«Ja, und dann werfen sie uns auf den Müll.»

«Entschuldige, aber so etwas passiert nur dir. Weil du dich einfach wie ein Papiertaschentuch benutzen läßt.»

«Ja, ja», erwidert Rosa, «ich möchte einmal sehen, wie du mit einem Mann wie Alberto fertig würdest! Denk mal, vor ein paar Tagen habe ich einen sehr merkwürdigen Traum gehabt. Ich stand hinter dem Ladentisch eines Optikergeschäfts und verkaufte Brillen, oder vielmehr, ich prüfte die Sehschärfe meiner Kunden. Ich hatte ein Stöckchen in der Hand und zeigte auf eine Leuchttafel, auf der eine Reihe von Buchstaben standen: G, A, B, E, H, N. Aber keinem gelang es, sie zu lesen, schon auch deshalb, weil sie winzig klein waren und ich mir gar nicht erklären konnte, warum sie nur so winzig klein waren. Ich versuchte es mit immer dickeren Brillengläsern und gab ihnen schließlich Linsen, die dick wie der Boden von Wassergläsern waren, aber es half nichts; man konnte die Buchstaben nicht einmal mit dem Fernglas lesen. Und wenn es zum Beispiel vorkam, daß einer der Kunden einen Buchstaben erriet, zum Beispiel das G, rief gleich von der Straße her eine Frauenstimme: ‹Ernesto, Ernesto, komm mal her, ich muß dir was zeigen›, und dann ging er. Nach Ernesto kam ein anderer, und auch wenn dieser einen Buchstaben erriet, rief ihn die Stimme sofort: ‹Vittorio... Pasquale... Andrea...›, und so verschwand einer nach dem anderen. Schließlich kam er, Alberto, ziemlich draufgängerisch daher und wollte die Brille nicht einmal aufprobieren. ‹Ich brauche nichts›, behauptete er, ‹ich sehe sehr gut.› Da flehte ich ihn geradezu an: ‹Hör mal, Alberto, wenn du mir nicht wenigstens eine Brille abkaufst, werfen die mich hier raus. Ich habe bis jetzt noch nicht ein Stück verkauft.› Und weißt du, was er mir da antwortete: ‹Wende dich an Marchetti, der kauft dir den ganzen Laden ab.› Ich wollte ihm gerade antworten, als wieder diese Stimme ertönte: ‹Alberto, Alberto, komm mal her, ich muß dir was zeigen.› Von da an sah ich ihn nicht mehr: Ich ging wie eine

Furie vor die Tür, um der Stimme zu sagen, sie soll sich um ihre eigenen Angelegenheiten kümmern, aber da war niemand zu sehen, außer einer zerlumpten alten Bettlerin, die um ein Almosen bat. ‹Hast du mir meine Kunden weggelockt?› fragte ich sie. ‹Nein, nein›, erwiderte sie, ‹ich nicht, das war das blonde Mädchen ... das von der Bierreklame.› ‹Von der Bierreklame? Was hat denn das Bier damit zu tun?› fragte ich. ‹Das weiß ich auch nicht›, sagte sie, ‹vielleicht ist das eine neue Art von Werbung. Aber schenk mir jetzt was, ich bin am Verhungern.› Doch ich hatte kein Geld. Ich suchte in der Handtasche, in der Schürzentasche, überall, aber ich fand nichts ... Da ging ich wieder in den Laden und machte die Kasse auf, aber auch da war kein Geld. Was sollte ich nun tun? Die Bettlerin jammerte immer weiter: ‹Gib mir ein Almosen, gib mir ein Almosen.› Und da nahm ich dann einfach eine Brille von der teuersten Sorte aus dem Schaufenster, so eine mit Goldrand, und schenkte sie ihr. Dann sagte ich zu ihr: ‹Gute Frau, diese Brille ist ein Vermögen wert, sieh zu, daß du sie günstig verkaufst und dir vom Erlös was zu essen besorgst.› Ja, und nun kommt das Unglaubliche: Sie setzte die Brille auf und las der Reihe nach mühelos sämtliche Buchstaben auf der Leuchttafel. Dann sagte sie noch: ‹Hier steht GEBEN.› Und dann bin ich aufgewacht.»

«Also, dieser Traum ist ja überdeutlich», sagt Marina. «Die Menschheit kann nicht einmal mehr mit Hilfe einer Brille den Sinn des Lebens erkennen, und die Bettlerin, die für Violetta steht, macht ihn uns klar. Und zwar wie? Indem sie anstatt HABEN GEBEN liest. Denn dies ist doch schließlich der eigentliche Sinn des Lebens: sich den andern zu geben. Wie steht es eigentlich zwischen dir und Sanna?»

«Ganz schlecht.»

«Bist du verliebt in ihn?»

«Ich weiß nicht, ich glaube nicht. Vielleicht bin ich es früher gewesen, vor vielen ... sehr vielen Jahren. Jetzt ist unsere Beziehung ... wie soll ich sagen ... vertrauter geworden. Es ist so, als wären wir eine einzige Person, nur daß er immer das Gegenteil von dem macht, was ich tun würde. Wenn er sich doch nur ändern könnte! Ich würde es mir wünschen, da ich ihn natürlich gern habe, aber Hoffnungen mache ich mir da ehrlich gesagt nicht mehr viele. Es ist schon so weit gekommen, daß ich mich mehr im Einklang mit seiner Frau, der Signora Giovanna, fühle, als mit ihm.»

«Ich verstehe nicht, wie man so einen egoistischen Menschen gern haben kann.»

«Die Menschen kommen ja nicht als Egoisten auf die Welt, Marina, sondern wir machen sie dazu, weil wir sie verwöhnen. In Albertos Fall zum Beispiel bin ich die Schuldige, weil ich ihn von hinten bis vorne stets bedient habe. Und auf diese Weise hat er sich so daran gewöhnt, den Pik-König zu spielen, daß er diese Rolle nicht mehr aufgibt. Und das gleiche passiert ja auch in dem Fernsehfilm, den wir drehen: Violetta opfert sich, und was tut er? Beim ersten Streit behandelt er sie wie eine Hure und wirft ihr das Geld ins Gesicht. Für einen, der beim Film arbeitet, ist die Gefahr vielleicht noch größer. Wenn einer Schauspieler ist, berühmt wird und alle wollen ein Autogramm von ihm, verliert er leicht den Kopf und glaubt tatsächlich, er ist der Mittelpunkt der Welt und alles muß sich um ihn drehen, während doch in Wirklichkeit, wie du schon gesagt hast, das Schöne am Leben nicht das HABEN, sondern das GEBEN ist.»

«Übrigens, Rosa, du mußt mir noch sechzigtausend Lire geben: für die Sitzung heute und für die von gestern.»

13
Dramatischer Zwischenfall

SZENE 46, INNEN, TAG. Haus der beiden Liebenden in Bougival. Salon mit Sofas und Sesseln. Ein brennender Kamin. Auf einem Marmorsims zwei Silberleuchter und einige Porzellanfiguren. Rechts ein weißlackiertes Tischchen und vier ebenfalls lackierte Stühle, alles im Louis-XVI.-Stil. An den Wänden Gemälde mit Damen und Kavalieren aus dem achtzehnten Jahrhundert. Überall Vorhänge und Kissen. Im Hintergrund zwei große Glastüren, durch die man den Eingang und den Garten erkennen kann.

Annina, Violettas Dienstmädchen, betritt die Szene und führt einen alten Herrn herein (schwarzer langer Überrock, dunkelgrauer Anzug, weißes Hemd mit Puffärmeln und festem Stehkragen, dessen Ecken umgeschlagen sind, breite schwarze Krawatte, Stock mit Elfenbeinknauf als Zeichen seines hohen Alters). Es ist Monsieur Germont, Alfreds Vater.

Das Dienstmädchen nimmt dem Gast Hut und Stock ab und bietet ihm auf einem der Sofas Platz an.

«Bitte, setzen Sie sich. Ich rufe die gnädige Frau.»

Während er auf diese wartet, geht Germont in dem Zimmer auf und ab. Er ist sehr erregt, weil er weiß, welch schwierige Aufgabe er vor sich hat: eine Kurtisane zu bewegen, den Mann aufzugeben, der sie aushält. Er selber ist ein bescheidener Steuereintreiber aus der Provinz und daher nicht gerade an den Umgang mit Leuten aus der Hauptstadt gewohnt. Violetta wiederum wird zwar von vornehmen Parisern geliebt und verwöhnt, ist aber dennoch eine Mätresse, die daran gewöhnt ist, für ihre Gunst Geschmeide und beträchtliche Geldbeträge entgegenzunehmen. Wie soll er sie überzeugen? Gewiß nicht mit Geld, das er im übrigen auch gar nicht besitzt, sondern indem er an ihre menschlichen Qualitäten appelliert. Wenn sie Alfred wirklich liebt, wie sie behauptet, dann muß sie auf ihn verzichten. Aber konnte eine Frau, die ihr Leben lang nichts anderes getan hatte, als ganze Vermögen zu verschleudern, überhaupt großzügig sein? Das war eben das Problem.

Germont setzt sich und fährt gleich wieder hoch. Die Damastkissen und seidenen Vorhänge, die Gemälde mit galanten Darstellungen, alles ist ihm unbehaglich, weil alles Sünde und ein ausschweifendes Leben bezeugt. Wie hat sein Sohn, der nach gesunden und strengen Prinzipien erzogen worden war, nur in ein so seichtes Fahrwasser geraten können!

Aber da tritt Violetta auf. Sie lächelt nicht mehr sorglos wie im ersten Akt, sondern hat den traumverlorenen Blick einer Liebenden. Monsieur Germont mustert sie verblüfft, zweifellos hatte er sich unter ihr eine völlig andere Person vorgestellt. Aber er ist gleichzeitig auch fest entschlossen, sich nicht von ihr beeindrucken zu lassen. Schließlich ist er nicht Alfred, sondern ein Mann vom alten Schlag, und bei ihm wird sie mit ihren Verführungskünsten keinen Erfolg haben!

«Stopp, stopp!» schreit der Regisseur. «*S'il vous plaît, Monsieur Leblanc*, Sie müssen eine kleine Verbeugung machen, wenn Violetta kommt, nur eine leicht angedeutete Verbeugung, als wären Sie hin- und hergerissen zwischen Ihren gewohnten Höflichkeitsformen und der äußerst schlechten Meinung, die Sie von ihr haben. Das habe ich Ihnen doch schon einmal gesagt, verfluchte Scheiße, aber Sie haben es bereits vergessen!»

Dann wendet er sich an einen zu seinen Füßen hockenden bebrillten jungen Mann und befiehlt: «Übersetz ihm das, aber ohne die ‹verfluchte Scheiße›!»

Der Brillenträger gehorcht und faßt alles knapp zusammen. «Und vergessen Sie nicht die Verbeugung!» schreit der Regisseur noch einmal.

Leblanc reagiert mit einer ärgerlichen Geste und einem in den Bart gemurmelten *merde*, das der Regisseur zum Glück nicht hört.

«*La Traviata*, zum siebten, 46. Szene, Innen, Tag», schreit Anima Nera, und Annina öffnet zum siebten Mal die Glastür.

Rosa hält sich wie gewohnt im Hintergrund des Sets auf und verfolgt die Aufnahme. Sanna hat sich einen Tag Urlaub genommen, und so ist auch sie frei von Verpflichtungen. Er hat behauptet, mit seiner Frau unaufschiebbare Einkäufe in Paris machen zu müssen, aber Gott allein weiß, mit wem er sich die Zeit vertreibt, denn Signora Giovanna hat im ganzen Gelände nach ihm gesucht. Sollte sich jemand erlauben, ihm das morgen vorzuhalten, würde er nur antworten, daß er ja wohl an einem freien Tag tun und lassen könne, was er wolle und keinem Rechenschaft schuldig sei, schon gar nicht seiner Frau! Dabei wäre es doch so wichtig gewesen, meint Rosa, daß er diese Szene miterlebt hätte. Er hätte mit eigenen Ohren hören sollen, wie der alte Germont Violetta zwang, ihn zu verraten. Gut, er wird es ja im Drehbuch gelesen haben, aber wenn man die Szene selber miterlebte, war es doch etwas ganz anderes.

«*Mademoiselle Valéry?*» fragt Germont.

«*Die bin ich*», erwidert Violetta.

«*In mir sehn Sie den Vater Alfreds*», sagt der Alte.

«*Wie?*»

«*Ja*», bestätigt Germont und fährt, immer noch auf Alfred bezogen, fort: «*Dieser Tollkopf eilt in sein Verderben, nur weil Sie ihn bezaubert.*»

«*Das sagen Sie einer Dame / in ihrem Hause! / Sie gestatten, daß ich gehe. / Dieser Ton ist mir fremd*», erwidert Violetta und will hinausgehen.

«*Welch ein Anstand!*» sagt Germont vor sich hin, fügt aber ein zaghaftes «*Dennoch ...*» hinzu.

«*Sollten Sie sich nicht täuschen?*» fragt sie ihn, während sie an der Tür zum Schlafzimmer stehenbleibt.

«*Sein ganzes Vermögen will er Ihnen opfern*», sagt Germont.

«Das soll er nur wagen . . . / ich nähme es nie . . .»

Dieser Wortwechsel setzt sich noch eine ganze Weile mit immer heftigeren Vorwürfen fort, bis Germont schließlich einen anderen Ton anschlägt und Violetta sein Herz öffnet. Er teilt ihr mit, daß auch er eine Tochter hat, *«rein wie ein Engel»*, die durch ihre Schuld nicht heiraten kann. Ihr junger Verehrer nämlich *entzieht sich der Bindung*, das heißt, er weigert sich, mit ihr vor den Altar zu treten, solange Alfred nicht davon absieht, mit einer Prostituierten zusammenzuleben.

«Das kann uns doch völlig egal sein, ob die heiratet!» murmelt Rosa unwillkürlich. «Und dann von wegen *rein wie ein Engel*! Ich weiß doch, wie diese Leisetreterinnen sind: eine schlimmer als die andere!»

Vor vielen Jahren, als sie noch die Berufsschule besuchte, hat sie einmal wegen so einem Engelchen ihre erste Liebesenttäuschung erlebt. Da war ein Junge, ein gewisser Federico Nucci, der ihr sehr gefiel, in den aber auch ihre beste Freundin Carla Contini verliebt war, die nicht umsonst Engelsgesicht genannt wurde. Sie wußte damals nicht, ob sie nun auf Federico oder auf Carla verzichten mußte, und entschloß sich dann im Namen der Freundschaft für die erste Lösung, aber Carla hatte zum Dank den Jungen zuerst einmal furchtbar verhätschelt und ihn dann wegen eines Älteren, der schon zur Universität ging, fallenlassen. Von wegen Engelsgesicht! Nichts als ein Flittchen war sie gewesen, wie im übrigen all diese bläßlichen Blondinen mit ihren blauen Augen!

Violetta schwimmt unterdessen in einem Meer von Tränen, und der alte Herr, der ehrlich gesagt gar nicht so ein Schuft ist, wie es anfangs schien, versucht sie zu trösten. Er hat nämlich begriffen, daß sich hier eine wahrhaftige Liebestragödie abspielt, und ist nun geradezu verunsichert, ob er seinen Gefühlen nachgeben oder seine Strategie weiterverfolgen soll. Aber dann appelliert er doch an ihr Verantwortungsgefühl und predigt und erpreßt sie so lange, bis die junge Frau schließlich nachgibt.

Zwischen einem hohen und einem tiefen C schlägt Violetta die Augen nieder und trägt Germont auf:

> Wenn Ihre Tochter fragt,
> mögen Sie sagen,
> für ihres Lebens Glück
> will ich entsagen.
> Doch wird ein einziger Trost
> in all meinem Kummer bei mir bleiben:
> mein ganzes Glück
> bracht ich als Opfer dar
> für Ihr Kind, für Ihr Kind!

Und nun geschieht etwas Unglaubliches: Gerade in dem Augenblick, da der Sopran zu der berühmten Arie *Liebe mich, Alfred* ansetzt, kommt Rosa mit tränenüberströmtem Gesicht und starrem Blick aus der Kulisse. Sie bewegt sich so mechanisch vorwärts, daß man sie für einen Zombie aus dem Film *Die Nacht der lebenden Toten* hätte halten können. Die Ärmste geht direkt auf Violetta zu, und bevor noch irgend jemand sie aufhalten kann, packt sie diese an den Schultern und schüttelt sie heftig, als versuchte sie, sie aus einem hypnotischen Traum zu erwecken.

«Nein, nein, nein», schreit sie weinend, «du darfst dich nicht opfern! Du hast nur ein Leben und mußt es bis zu Ende voll ausleben. Außerdem ist dein Leben so kurz, daß du es dir nicht von einem kaputtmachen lassen darfst, den du noch nicht einmal kennst. Die andern können dir doch alle gestohlen bleiben. Du darfst auf keinen Fall Alfred verlassen. Was geht es dich an, wenn diese blöde Kuh nicht heiratet? Leb du dein Leben, lebe, lebe, lebe...»

Nach dem dritten «lebe» bricht Rosa zum Schrecken aller Anwesenden wie vom Blitz getroffen zusammen. Und all dies nur, weil sie sich so mit dem Drama identifiziert hat, daß sie die szenische Darstellung mit der Wirklichkeit verwechselt. Sogar dem Regisseur hat es die Sprache verschlagen: Er traut seinen Augen nicht und vergißt sogar, «Stopp» und «Verfluchte Scheiße» zu schreien. Ein anhaltendes Gewirr von Kommentaren erhebt sich aus der Truppe:

«Rosa ist verrückt geworden!»

«Sie hat einen hysterischen Anfall!»

«Ich habe sie schon heute früh so merkwürdig gefunden.»

«Die hat doch schon immer gesponnen!»

«Es ist viel zu heiß heute.»

«Ruft einen Arzt!»

Und tatsächlich trifft schon bald ein Arzt ein. Erste Diagnose: vorübergehende Lipothymie, vermutlich aufgrund eines atrioventrikulären Blocks. Mit anderen Worten: ein halber Herzinfarkt.

Rosa wird noch am selben Abend zur genaueren Untersuchung in das Hôpital Américain von Neuilly eingeliefert. Dank der Empfehlung eines Freundes, den er bei der amerikanischen Botschaft hat, nimmt Marchetti ein Privatzimmer mit einem zweiten Bett für einen Angehörigen, und da Rosa keine Verwandten hat, quartiert er Barbara bei ihr ein.

Rosa ist jetzt ganz ruhig. Sie kann sich eigentlich an nichts mehr erinnern. Ein hübscher junger Arzt mit Lockenhaar mißt ihren Blutdruck und hängt sie an ein Gerät, mit dem sich das Elektrokardiogramm ständig ablesen läßt.

Alberto Sanna kommt sie besuchen. Trotz seiner ausgeprägten Abneigung gegen Krankenhäuser setzt er sich über eine halbe Stunde an ihr Bett. Er läßt sich auch einen doppelten Whisky aus der Bar bringen, um seine Stimmung ein wenig zu heben. Dafür wird ihm Rosa ewig dankbar sein.

Ich weiß doch genau, denkt sie erfreut, daß er mich im Innersten mag.

Die Anordnung des jungen Arztes ist strikt: «Sie hat eine Ischämie gehabt und braucht daher mindestens sechs Tage strenge Ruhe.» Rosa könnte nach Rom zurückkehren, da der Film fast abgedreht ist, aber nach Meinung der Ärzte wäre eine Bahnfahrt in ihrem Zustand zu anstrengend, und eine Flugreise kommt nicht in Frage. Sie fliegt ja nicht einmal, wenn es ihr gutgeht, wie sollte sie es dann jetzt tun! In der Zwischenzeit liest sie *Manon Lescaut* von Prévost, den Lieblingsroman Marguerite Gautiers und Armand Duvals: die Geschichte einer Frau, die «treu im Herzen, aber nicht mit dem Körper ist», und schließlich mit einer Reihe anderer verrufener Frauen nach Amerika deportiert wird. Rosa ist von der Lektüre ergriffen. Genau wie die Romanheldin hat sie das Gefühl, daß auch ihr Leben aus «kurzen Freuden und langen Schmerzen» besteht.

14
Das Paradox des Schauspielers

Am nächsten Tag ist der Zwischenfall das große Gesprächsthema auf dem Set, und alle klagen die Bedingungen an, unter denen Rosa zu arbeiten gezwungen war. Dabei kommen natürlich immer wieder die gleichen Argumente aufs Tapet: der Streß, der mangelhafte Schutz durch die Gewerkschaft, die Überstunden, die man nicht machen sollte und doch immer macht, der allzulange Aufenthalt an einem fremden Drehort und schließlich der «Freßkorb», der so sehr zu wünschen übrig läßt.

«Was die einem hier in Paris vorsetzen, ist wirklich ein Graus», behauptet Anima Nera und zieht eine angewiderte Grimasse, «das Zeug liegt mir immer zentnerschwer im Magen.»

«Und wenn man dann auch noch Rosas Charakter bedenkt», meint Mario, «denn sie ist ja ehrlich gesagt wirklich halb verrückt, dann kommt schon einiges zusammen.»

«Könnt ihr euch erinnern, wie sie mal vor Gassman ohnmächtig geworden ist?» fragt der Klappenmann. «Auch damals hat es sich ja nur um einen Scherz gehandelt, aber sie hat eine wahre Tragödie daraus gemacht.

Das Blöde ist eben, daß Rosa immer alles so ernst nimmt.»

«Ihr seid aber auch wirklich gemein», meint der Chefkameramann, «daß ihr es immer auf diese arme Frau abgesehen habt.»

«Ich? Was hab ich denn damit zu tun?» fragt Anima Nera und streckt die offene Hand in die Luft, wie um seine Unschuld zu beschwören. «An all dem war nur der Schwindler schuld. Könnt ihr euch noch an den erinnern? Zuerst ist er in der Sala Umberto als Stimmenimitator aufgetreten, und zu den vielen Stimmen, die er nachmachen konnte, gehörte auch die von Vittorio Gassman. Und wie wir dann bei den Dreharbeiten zu ... wie hieß doch gleich noch der Film ..., also jedenfalls hat er, um sich die Langeweile zu vertreiben, gesagt: ‹Jetzt ruf ich die Rosa an und sag ihr, daß ich Gassman bin und sie als persönliche Garderobiere haben will.›»

«Und darauf ist sie reingefallen?»

«Und wie! Ich stand neben ihm, während er sie anrief, und hörte, wie er sagte: ‹Signorina Rosa, gestern hab ich mal ins Atelier Vier reingeschaut und dabei gesehen, wie Sie die Kleider von Sanna gebügelt haben. Da hab ich gleich gedacht, so eine Garderobiere wie Sie möchte ich auch haben.› ‹Aber was sagen Sie da?› erwiderte Rosa ganz verwirrt. ‹Sie haben doch schon die Carmen, die doch wirklich ganz besonders gut ist. Wozu brauchen Sie noch eine wie mich?›»

«Und was hat er gesagt?»

«Eine Menge Dinge. Jeden Tag hat er etwas Neues

erfunden. ‹Hier ist Vittorio Gassman›, sagte er. ‹Haben Sie über meinen Vorschlag nachgedacht?› Und eines Abends hat er ihr dann gestanden, daß sein Interesse sich nicht nur darauf beschränkte, eine neue Garderobiere zu bekommen, sondern daß da noch was anderes war. ‹Was meinen Sie mit noch was anderes?› fragte Rosa, die sich beim besten Willen nicht vorstellen konnte, daß sie einem so bedeutenden Mann wie Gassman gefallen sollte. ‹Es ist so›, erwiderte der Stimmenimitator, ‹daß Sie mich an meine erste Liebe erinnern.› ‹An Ihre erste Liebe?› ‹Ja, sie hieß Stefania und war sechzehn, ich habe sie sehr geliebt als Schüler. Sie ist bei einem Autounfall gestorben.› Und erzählt ihr eine ganz herzzerreißende Geschichte.»

«Und was hat Rosa gemacht? Ging sie zu Gassman?»

«Zuerst hat sie sich gesträubt. Sie hat gesagt, daß sie sich sehr geehrt fühle, aber Sanna nicht so einfach sitzenlassen wolle. ‹Und abgesehen von Sanna›, sagte sie, ‹fände ich es auch nicht sehr anständig einer Kollegin wie Carmen gegenüber.›»

«So besonders lustig finde ich diesen Scherz aber nicht», meint einer der Tonmeister.

«Weil du nicht weißt, wie die Geschichte ausgegangen ist! Eines Tages sagte der falsche Gassman zu ihr: ‹Besuchen Sie mich doch in meiner Garderobe, ich bin im Atelier Fünf, und bringen Sie mir möglichst ein Sträußchen Feldblumen mit. Das waren Stefanias Lieblingsblumen. So ging sie also völlig aufgeregt und mit dem Sträußchen in der Hand zu dem echten Vittorio Gassman. Sie klopfte an die Tür, und er rief: ‹Herein!› Sie trat ein und fragte: ‹Waren dies die Blumen Stefanias?›»

«Und dann?»

«Und dann nichts weiter! Gassman hielt sie anfangs für eine seiner zahlreichen Bewunderinnen auf Autogrammjagd, von denen es in Cinecittà ja nur so wimmelt, und wollte ihr, um sie loszuwerden, unbedingt ein Foto mit Widmung geben. Aber sie redete immer weiter, daß sie sich sehr geehrt fühle, aber leider seine Wünsche nicht erfüllen könne. ‹Welche Wünsche?› fragte Gassman nun doch sehr verwundert. Darauf sie: ‹Diejenigen, von denen Sie mir neulich am Telefon erzählt haben.› Kurz, eine Geschichte zum Totlachen. Aber irgendwann hat die Rosa dann doch kapiert, daß sie reingelegt worden war, und fiel der Länge lang ohnmächtig hin.»

«Wie gestern?»

«Genau wie gestern.»

Die größten Sorgen macht sich aber offenbar doch Alberto Sanna. Er streicht wie verloren durch die Kulissen, gerade so, als hätte er den Schwächeanfall erlitten und nicht die arme Rosa. An jenem Abend, an dem der Zwischenfall passierte, hat er verzweifelt versucht, sich mit Cavalier Marchetti in Verbindung zu setzen, und schließlich auf eigene Faust eine neue Garderobiere gerufen, eine junge Französin.

«Sie war heute früh Punkt sieben schon da», meint Anima Nera. «Woher die wohl gewußt hat, daß wir eine Garderobiere brauchen?»

«Sanna hat sie gestern abend angerufen», sagt Mario.

«Gestern abend? Noch während Rosa im Krankenwagen abtransportiert wurde?» wundert sich Anima Nera zu Recht. «Das ist doch wirklich das letzte: Sie wäre fast hopsgegangen, und er beschafft sich gleich Ersatz?»

«Und hätte er sich für die paar Tage nicht auch mit Elvira behelfen können?» fragt ein anderer. Elvira ist die Garderobiere für die ganze Equipe.

«Er hat gesagt, Rosa sei nicht nur seine Garderobiere, sondern seine Assistentin auf allen Gebieten», erklärt Mario, der immer genauestens informiert ist. «Elvira dagegen kann nur bügeln und Knöpfe annähen.»

Das Problem, für Rosa Ersatz zu schaffen, kommt auch am Abend im Restaurant gleich nach dem Essen zur Sprache. Außer Sanna sitzen der Produzent Marchetti, Gaslini und der Regisseur am Tisch.

«Renzo», wendet sich Sanna an Marchetti, «wir müssen eine Lösung für die Grieco finden.»

«Was meinst du damit?»

«Die arme Frau ist zusammengebrochen, weil der Arbeitsrhythmus hier einfach zu anstrengend ist. Diese Dreharbeiten sind ja auch wirklich tödlich.»

«Was heißt hier tödlich?!» schnauzt ihn der Produzent an. «Dieser Zwischenfall mit der Grieco scheint mir doch eher etwas mit ihrem Geisteszustand als mit ihrer körperlichen Verfassung zu tun zu haben. Und daß die Crew sich hier umbringt, soll sie mir erst einmal beweisen. Was wollen sie denn noch mehr im Leben: Sie sind hier auf meine Kosten in Paris, trinken von morgens bis abends Beaujolais, samstags und sonntags gehen sie abends auf den Champs-Élysées spazieren, und dann beklagen sie sich auch noch. Also wenn dies hier schon tödlich sein soll, was ist denn dann deiner Meinung nach das, was Salvatores in Tansania macht?»

«Paris kann manchmal schlimmer sein als der Dschungel», wirft der Professore ein, «vor allem, wenn das Team schlimmer ist als die wilden Tiere.»

«Nun übertreiben wir mal nicht, Rosa braucht nur eine Woche Ruhe. Von mir aus auch zwei, wenn die Ärzte das vorschreiben. Und ihr wißt ja, wie ich bin: Wenn es um die Gesundheit meiner Leute geht, achte ich nicht aufs Geld. Ich habe sie in einem Privatzimmer untergebracht und ihre Zimmergenossin aus dem Hotel bei ihr einquartiert. Mehr konnte ich nicht tun.»

«Ich finde, Sie sollten ihr auch irgendeine Auszeichnung zukommen lassen», schlägt Sanna vor. «Vielleicht einen kleinen Geldbetrag. Oder sonst könnten wir auch in der Truppe für sie sammeln, aber ich fürchte, daß das etwas demütigend sein könnte. Hauptsache, die Arme bekommt irgendein Zeichen der Anerkennung ... eine Plakette ... ein Erinnerungsstück ... ein silbernes Tablett ... irgend etwas, auf dem das Datum des Films steht ...»

«Hör mal, Alberto, jetzt steht sie unter Beruhigungsmitteln. Aber so, wie ich die Rosa kenne, erholt sie sich schneller, als du glaubst, und wenn wir dann im Herbst *Auf den Spuren einer ewigen Liebe* drehen, wird sie noch enger mit dir verbunden sein denn je zuvor.»

«Gerade darüber wollte ich ja reden», fällt ihm Sanna ins Wort und legt eine Hand auf seinen Arm. «Ich meine, daß Rosa eine längere Ruhezeit braucht, ein ganzes Jahr vielleicht. Das hat sie verdient. Schon deshalb sollte der Betrag, den wir ihr geben müssen, nicht zu kleinlich sein. Und was den nächsten Film betrifft, brauchst du dir keine Gedanken zu machen. Ich habe hier in Paris ein wirklich tolles junges Mädchen kennengelernt.»

«Eine Assistentin für alles», mischt sich der Professore ein.

«Ganz richtig, für alles», bestätigt Sanna. «Sie ist ein kleines bißchen jünger als Rosa, aber voller Energie. Und du weißt doch, wie das ist. Wenn man sich mit jungen Menschen umgibt, hebt das immer die Stimmung, und ich zum Beispiel leiste dann glatt das Doppelte.»

«Das hat schon Plutarch gesagt», zitiert der Professore: «‹Die pädagogische Liebe erhöhet den Geist!›»

«Das ist das Schöne am Professore!» ruft Sanna aus. «Er findet für alles eine tiefgründige Erklärung.»

«Oder ein kulturelles Alibi», erklärt der Professore. «Ein scheinbar respektables Zitat, mit dem sich die Kündigung einer armen Person rechtfertigen läßt.»

«Aber darum geht es doch überhaupt nicht! Kein Mensch will Rosa entlassen», protestiert Sanna fast beleidigt darüber, daß Gaslini ihn hatte verdächtigen können, seine Garderobiere loswerden zu wollen. «Ich versuche nur, ihr eine etwas längere Ruhepause zu verschaffen, sechs Monate vielleicht oder ein Jahr, alles bezahlt natürlich. So was wie Arbeitslosengeld eben . . .»

«Die französische Garderobiere steht ja auch schon bereit, um ihren Platz einzunehmen», erinnert ihn Gaslini.

«Ach, immer die französische Garderobiere!» platzt Sanna heraus. «Ich habe sie ja nur deshalb erwähnt, weil man sich während der Dreharbeiten ja schließlich auch ein bißchen amüsieren muß. Oder vielleicht nicht?»

«Und das klappt wohl nur mit Französinnen?» fragt Gaslini in einem noch ironischeren Ton.

«Na sicher amüsiere ich mich mit den Französinnen besser», räumt Sanna ein. «Vor allem mit solchen, die nicht jeden Tag hysterische Anfälle kriegen wie die Rosa.»

«Also, jetzt streitet euch nicht», mischt sich Marchetti begütigend ein. «Bis zum nächsten Film haben wir noch Zeit. Wir werden hören, was die Ärzte in Paris und in Rom sagen. Wenn Rosa tatsächlich eine längere Ruhepause braucht, werde ich sie ihr gewiß nicht verweigern, und wir werden auch dafür sorgen, daß sie während ihrer Konvaleszenz gut versorgt ist. Und was die Stimmung des Teams hier betrifft, gibt es eine Reihe von Möglichkeiten, die zu verbessern. Zum Beispiel, indem man zwei oder drei hübsche Statistinnen engagiert.»

«Je länger ich jetzt beim Film bin, desto größer wird meine Bewunderung für Diderot», wirft nun Gaslini ein.

«Diderot? Welcher Diderot? Was hat der gemacht?» fragt Sanna völlig überzeugt, daß es sich um einen Schauspieler handelt.

«Der hat einen Essay über *Das Paradox des Schauspielers* geschrieben. Den muß ich Ihnen mal schenken.»

«Und was sagt er darin?»

«Er sagt, daß Sie ein sehr großer Schauspieler sind.»

«Tatsächlich? Und was schreibt er außerdem noch über mich?»

«Über Sie persönlich nichts, schon deshalb, weil er leider vor zweihundert Jahren gestorben ist; aber man könnte geradezu meinen, er habe Sie gekannt. Er behauptet nämlich, daß die Fähigkeiten eines Schauspielers umgekehrt proportional zu seiner Sensibilität entwickelt sind.»

«Was soll denn das heißen?»

«Also ich zitiere jetzt mal aus dem Gedächtnis», erklärt Gaslini und hebt die Stimme: «‹Wenn der Schauspieler tatsächlich eine sensible Person wäre, könnte er niemals eine Rolle zweimal hintereinander mit der gleichen Anteilnahme und Begeisterung spielen. Voller Schwung also beim ersten Mal. Schlaff und lau beim dritten.› Das heißt, wenn einer wirklich gut sein will, darf er nicht sensibel sein.»

«Da irren Sie sich aber», widerspricht ihm Sanna, der in Wirklichkeit das Paradox Diderots überhaupt nicht verstanden hat. «Bei mir ist es nämlich bekanntlich so, daß ich immer sensibler werde, je öfter ich spiele: bei der dritten Klappe bin ich immer besser als bei der ersten. Das kann Ihnen Marchetti bestätigen.»

«Genau das meint Diderot ja», versichert ihm der Professore. «Sie werden mit jeder Klappe immer besser.»

«Gut, aber was hat denn eigentlich Diderot mit der Rosa zu tun?»

15
Die «Sache»

Und hat er nach mir gefragt?»

«Natürlich hat er nach dir gefragt», lügt Barbara schamlos, um Rosa zu beruhigen. «Er fragt mich dauernd: ‹Und wie geht es der Rosa?›, und dann sagt er noch: ‹Sag ihr, daß sie mir sehr fehlt und daß sie schnell wieder gesund werden muß, weil ohne sie hier alles drunter und drüber geht.›»

«Das hat er wirklich gesagt?»

«Ich schwör's. Er hat gesagt: ‹Ich kann ohne Rosa nicht arbeiten.›»

«Der Ärmste, er fühlt sich ganz verloren ohne mich. Wenn es nach mir ginge, würde ich ja längst wieder arbeiten, aber die vom Krankenhaus hier wollen mich nicht fortlassen. Jetzt haben sie gesagt, daß sie noch weitere Untersuchungen machen wollen. Hier, ich lüge nicht.»

Und zeigt ihr eine ganze Liste von Untersuchungen, die mit ihr angestellt werden sollen: Röntgenaufnahmen, Blutuntersuchungen, Tomographien.

«Und die Tabletten für den Blutdruck?» fragt Barbara. »Nimmst du die auch?»

«Morgens immer, nur abends vergesse ich sie manchmal. Wenn der junge Arzt nicht kommt und mich daran erinnert, denke ich nicht dran. Ach Barbara, es ist stinklangweilig hier. Vom Lesen werde ich immer gleich müde und bekomme Kopfweh. Fernsehen gibt es schon, aber es ist französisch, und ich verstehe kein Wort. Nur gestern hat es mir gefallen, da kam *Carosello napoletano* in Originalfassung mit französischen Untertiteln. Das war wirklich schön! Gestern hat mich übrigens auch Marina besucht. Sie hat mir die Karten gelegt und ein Buch über Reinkarnation gebracht. Da liegt es, schau mal, wie schön. Es heißt *Das Leben nach dem Leben*. Ich habe auch angefangen damit, aber dann konnte ich nicht mehr weiterlesen, weil ich es ehrlich gesagt ein bißchen langweilig finde.»

Barbara lächelt. Das Leben nach dem Leben interessiert sie nun wirklich überhaupt nicht. Schon dieses Leben hier macht ihr so viele Schwierigkeiten, wie soll sie da auch noch an ein weiteres oder, schlimmer noch, an ein Leben denken, das sie vor über hundert Jahren gelebt hat! Jedenfalls findet sie, daß es Rosa schon viel bessergeht: Sie hat wieder ihre normale Hautfarbe und strahlt jedesmal, wenn jemand von Alberto Sanna spricht. Dieser hat natürlich kein einziges Mal über sie gesprochen. Doch warum soll man ihr das sagen? Lügen dienen auch dazu, jemanden mit einfachen Mitteln glücklich zu machen.

«Und was steht in den Karten über deine Gesundheit?»

«Daß ich mir keine Sorgen zu machen brauche. Mein Herz ist schlecht, aber nicht, weil ich hohen Blutdruck habe, sondern weil Alfred und ich auseinandergegangen sind. Aber sobald dann die Versöhnungsszene gedreht wird, kommt alles wieder in Ordnung.»

«Haben wir die denn nicht schon gedreht? Ich meine die, in der Violetta stirbt?»

«Ja, aber es fehlt noch der erste Teil, die Szene, in der Alfred aus dem Ausland zurückkehrt und du Violetta seinen Besuch ankündigst.»

«Eines möchte ich doch mal wissen, Rosa», sagt Barbara mit gesenkter Stimme, als fürchte sie, daß jemand zuhören könnte, «hat Sanna dir je schon mal Avancen gemacht?»

Eine Weile antwortet die Schneiderin nichts, dann ringt sie sich ein diplomatisches «na ja» ab.

«Nicht mal ganz am Anfang?» beharrt Barbara.

«Also ehrlich gesagt, eine ‹Sache› war da mal...»

«Eine ‹Sache›? Was denn für eine Sache?»

«Ach Barbara», erwidert Rosa eher widerstrebend, «was soll ich dir viel erzählen. Es ist ja auch alles schon so lange her, daß ich mich ehrlich gesagt nicht einmal mehr genau daran erinnern kann. Im September werden es schon neun Jahre, seit es passiert ist.»

«Gut, aber was ist denn eigentlich passiert?»

Rosa schweigt, denn sie weiß noch nicht, ob sie sich Barbara anvertrauen soll. Sie hat die «Sache» nämlich noch keinem Menschen erzählt. Warum, weiß sie auch nicht. Vielleicht aus Schamgefühl oder vielleicht auch nur, um sich weiteres Leiden zu ersparen. Und überhaupt, war es denn so sicher, daß die «Sache» wirklich passiert und nicht doch nur eine Ausgeburt ihrer Phantasie war?

«Bist du müde?»

«Eigentlich nicht.»

«Also dann, erzähl.»

Rosa löscht das Licht. Wenn sie schon davon erzählen muß, soll wenigstens keiner sie sehen. Es folgt ein langes Schweigen. Aber Barbara hat begriffen, daß dies ein heikler Augenblick ist, und drängt sie nicht weiter. Sie weiß, daß sie nur zu warten braucht, dann wird die Garderobiere schon reden. Es herrscht völlige Stille. Es ist fast zwei Uhr nachts und außer einem ganz leisen Summen, das vielleicht von der Neonbeleuchtung stammt, ist im ganzen Krankenhaus kein Geräusch mehr zu hören. Dann fängt Rosa an: «Wir haben damals *Ich werde dich ewig lieben* gedreht...», verstummt aber gleich wieder. Doch diesmal dauert die Pause weniger lange.

«Es war schrecklich heiß, wir befanden uns in der Gegend von Maratea, in Praia a Mare genauer gesagt. Plötzlich kam da so eine Gruppe von jungen Gänschen aus einem nahegelegenen Touristendorf daher... du weißt schon, solche, die immer auf der Jagd nach Autogrammen sind und mit Miniröcken rumlaufen, die so kurz sind, daß sie nicht einmal ihre Unterhosen bedekken. Alles Flittchen, sage ich immer, und damit habe ich bestimmt recht. Und dann sagt Alberto schließlich zu einer von denen: ‹Wenn du willst, gebe ich dir auch ein Foto mit Widmung. Aber ich habe jetzt keines dabei. Komm heute abend um acht noch mal her, dann kriegst du eines im Riesenformat, du findest mich im Wohnwagen.› Ich habe alles gehört und hätte ihn am liebsten gewarnt: ‹Paß auf, Alberto, das ist gefährlich, das Mädchen ist minderjährig. Das kann übel für dich ausgehen!› Aber du weißt ja, wie der Alberto ist: er ist ein Dickschädel, eben ein typisches Mannsbild, und sobald er ein paar Schenkel sieht, verliert er den Verstand. Opfer seiner eigenen Männlichkeit!»

«Welcher Männlichkeit denn um Himmels willen», platzt Barbara heraus. «Der ist doch nur ein altes Ferkel.»

«Nein, da irrst du dich, ein Ferkel ist er nicht! Die Frauen werfen sich ihm einfach an den Hals, und ich weiß ja, wie schwierig es ist, sie auf Abstand zu halten. Und was soll er schließlich auch machen, als sich der Situation anzupassen. Außerdem ist so ein Mann ja auch nicht aus Holz. Gut, Punkt acht Uhr abends kommt also das Flittchen. Na, die hättest du sehen sollen! Sie hatte so eines von diesen furchtbar enganliegenden Fähnchen an, die bei der ersten Bewegung hochrutschen und die Beine völlig frei lassen. Alberto nimmt sie also in seinen Wohnwagen mit und gibt ihr zu trinken. Ich stehe draußen und höre alles ganz genau: die Kühlschranktür, den Sektkorken und sogar das Anstoßen der Gläser. ‹Trink, das tut dir gut›, sagt er, und das Flittchen trinkt. Gut... nach einem halben Stündchen, während dem sie wer weiß was getrieben haben, höre ich plötzlich ein furchtbares Geschrei, und das Mädchen beschimpft ihn aufs wüsteste: ‹Tu deine Pfoten weg, du alter Knacker, was glaubst du, wie du mich ankotzt!› Da hätte ich mich am liebsten eingemischt und gefragt: ‹Warum bist du überhaupt da rein in den Wohnwagen, du Nutte, du konntest dir doch denken, was dich da erwartet?› Aber das ging natürlich nicht. Kurz, das Schreien und Toben, als hätten sie sich geprügelt, geht noch ein paar Minuten weiter, bis schließlich die Tür des Wohnwagens aufgerissen wird und das Hürchen mit völlig zerrissenem Kleid herauskommt. Wahrscheinlich war sie auch betrunken, denn sie schrie noch immer: ‹Du kotzt mich an, du kotzt mich an!›, ohne die geringste Achtung vor einem Mann, der schließlich immer noch einer der größten italienischen Filmschauspieler ist. Ein paar Minuten später kommt dann auch er heraus, in Unterhosen und weinend. Er setzt sich auf die unterste Stufe des Wohnwagens und fängt zu jammern an: ‹Ich bin ein alter Mann... keine will mehr mit mir schlafen. Ich möchte sterben... Ich möchte sofort sterben!› Gut, er war betrunken, aber leid hat er mir schon getan. Wie kann sich einer von einer billigen Nutte nur so demütigen lassen, dachte ich. Dann habe ich ihn mit Engelsgeduld in den Wohnwagen rein und ihn vollends ausgezogen. Also, nun wirst du es mir nicht glauben, aber wie ich ihn so auszog, habe ich bemerkt, daß er noch... wie soll ich sagen...»

«Eine Erektion hatte?»

«Na ja, du hast schon verstanden: Er war noch ganz erregt. Ich wollte ihn dann mit dem Bettuch zudecken, aber da umschlingt er plötzlich wie eine Krake meinen Hals und zerrt mich unter ständigem Schreien: ‹Patrizia, Patrizia, verlaß mich nicht› aufs Bett. Jetzt versetz dich mal in meine Lage! Was hätte ich tun sollen? Mich sträuben, damit er dann vielleicht vollends durchdrehte, so gekränkt wie er schon war, weil das Hürchen ihn nicht gewollt hatte. Wenn nun auch ich... mich verteidigt hätte... Kurz, ich habe keinen Widerstand geleistet.»

«Und habt ihr dann miteinander geschlafen?»

«Ja, und du kannst dir gar nicht vorstellen, wie liebevoll er war. Er flüsterte mir zärtliche Worte zu: ‹meine Liebste›, ‹verlaß mich nicht›, ‹umarme mich ganz, ganz fest› und andere Sachen dieser Art...»

«Und hat dich dabei weiter immer Patrizia genannt?»

«Ja, und das hat mich natürlich sehr gestört. Doch was für eine unvergeßliche Nacht! Und am nächsten Morgen dachte ich tatsächlich, daß nun ein ganz neues Leben für mich anfängt. Schon um halb sieben ging ich zu einer Freundin, die Friseuse war, und bat sie, ihren Salon eine Stunde früher aufzumachen. Ich wollte mir die Haare legen lassen, um so schön wie möglich auszusehen. Ich erinnere mich auch, daß ich ein seidenes Kleid anzog, das ich mir für die Erstkommunion einer kleinen Nichte gekauft hatte. In dieser Aufmachung und mit perfektem Make-up kreuze ich also wieder auf dem Set auf. Er kommt wie immer mit dem Produktionswagen, steigt aus und sieht mich nicht mal an. Anfangs habe ich mir nichts dabei gedacht. Offenbar wollte er nicht, daß die Crew etwas davon erfuhr, und außerdem war er morgens immer schlecht gelaunt. Aber als wir dann allein im Wohnwagen sind, sage ich zu ihm: ‹Alberto, es war sehr schön gestern abend!› Darauf er völlig verwundert: ‹Was war schön?› ‹Das, was wir gemacht haben›, erkläre ich. Und er weiter: ‹Was haben wir denn gemacht?› Kurz, er hat sich an gar nichts mehr erinnert. Eines Tages konnte ich mich nicht mehr beherrschen und habe zu ihm gesagt: ‹Albé, wir zwei haben schon einmal miteinander geschlafen.› Und weißt du, was er mir darauf geantwortet hat? ‹Das mußt du geträumt haben.› Seither hat er mir das noch so oft wiederholt, daß ich schon langsam selber glaube, ich habe es geträumt.»

«Vielleicht besser so», meint Barbara. «Das ist nicht der richtige Mann für dich. Er ist zu egoistisch und zu sehr hinter den Weibern her.»

«Ja, aber jenen Abend kann ich einfach nicht vergessen. Nachdem wir miteinander geschlafen hatten, hat er mir übers Haar gestreichelt...»

«Und dich Patrizia genannt...»

«Ach laß doch jetzt diese Patrizia!» sagt Rosa ungeduldig. «Er hat schon immer die Namen verwechselt. Aber im Innersten mag er mich gern, da bin ich sicher. Übrigens, was hat er dir aufgetragen, mir zu sagen?»

«Daß du ihm sehr fehlst, wirklich sehr, und daß du bald gesund werden sollst, weil er sich ohne dich ganz verloren fühlt.»

16
Der junge Arzt

DIESER JUNGE ARZT ist wirklich gar nicht übel: freundlich, elegant, und er hat ganz lange Wimpern. Wenn sein Haar nicht so lockig wäre, könnte man ihn mit Alain Delon vergleichen. Oder vielleicht, überlegt Rosa, ähnelt er noch mehr jenem italienischen Schauspieler aus den vierziger Jahren, der immer in den Filmkomödien spielte ... wie hieß er noch gleich ... ach ja: Leonardo Cortese. Ihre Mutter war vor dem Krieg einmal in Cinecittà gewesen und hatte von ihm ein Foto mit Widmung bekommen.

Dr. François Maurier, so der Name des jungen Arztes, kommt zweimal täglich zur Visite: frühmorgens, noch bevor sie gefrühstückt hat, und abends so gegen sieben, halb acht. Vor allem diese zweite Visite gefällt Rosa, denn sie findet sie vertraulicher, intimer. Er kommt ohne anzuklopfen herein und deckt sie nach einem kurzen *comment allez-vous* mit sicherem Griff auf und horcht sie unter der linken Brust mit dem Stethoskop ab. Zuerst untersucht er ihr Herz, dann die Lungenflügel. Am aufregendsten findet sie es, wenn er ihren Unterleib abtastet. Anfangs ist der Druck seiner Hand ganz leicht, fast wie ein Streicheln, aber wenn er dann an die Leber kommt, drückt er fest zu. Das einzige, was sie wirklich abscheulich findet, ist, daß er von der Krankenschwester immer verlangt, ihm Rosas Urin zu zeigen.

«Warum kippen Sie den nicht weg?» fragt Rosa, aber keiner antwortet ihr.

Auch Alphonsine Plessis hatte ja im Krankenhaus eine Beziehung mit einem Arzt gehabt, fällt Rosa jetzt ein, mit Koreff, dem Modearzt. Nur daß dieser Koreff ein Besessener war, der sich seine reichsten Patientinnen hörig machte, während ihr junger François Maurier mit seinen knapp dreißig Jahren gerade erst den Doktor gemacht hat und keinem Menschen je etwas zuleide täte.

Sicher, es wäre schön gewesen, mit einem echten Pariser, der außerdem auch noch Arzt war, eine große Liebesgeschichte anzufangen. Sie hätte Französisch gelernt und er Italienisch. Dann wären sie eines Tages Hand in Hand gemeinsam auf dem Set aufgetaucht, und die ganze Crew hätte sie gefeiert.

«Stimmt das, daß ihr heiraten wollt?»

«Ja, nächsten Samstag in Notre-Dame.»

«Und wie alt ist er eigentlich?»

«Ein bißchen jünger als ich, aber er liebt mich wirklich sehr. Es vergeht kein Tag, ohne daß er mir seine Zärtlichkeit bekundet.»

«Und wohin fahrt ihr auf Hochzeitsreise?»

«Nach Rio de Janeiro in Brasilien.»

«Und wie machst du das mit Sanna?»

«Gott, was soll ich machen! Er muß eben auch mal zwei Monate ohne mich auskommen.»

«Du meine Güte, das wird ja eine Tragödie für ihn.»

«Ja, ich weiß. Andererseits kann er aber auch nicht erwarten, daß ich auf meine Hochzeitsreise verzichte, nur weil er sich morgens nicht allein anziehen kann.»

In Rio hätten sie sich in einer mondlosen Nacht am Strand von Copacabana geliebt und anschließend nackt gebadet. Und als sich dann ihre Hochzeitsreise dem Ende zuneigte, hätte es ein furchtbares Erdbeben gegeben, das die ganze Gegend verwüstete. Acht Grad auf der Richter-Skala. Überall Abertausende Tote und Verwundete, alle *favelas* dem Erdboden gleichgemacht.

«Liebste», hätte François dann gesagt, «ich kann nicht abreisen, ich werde hier in den Krankenhäusern gebraucht. Flieg du nur nach Frankreich zurück und beende deine Arbeit. Ich komme so bald wie möglich nach.»

«Nein, ich bleibe auch hier. Sanna wird das schon einsehen.»

Und dann wäre sie Rotkreuzschwester geworden, genau wie Jennifer Jones in *Adieu aux Armes*. In einem ganz schlichten weißen Kittel und einer Schwesternhaube mit einem kleinen roten Kreuz mitten auf der Stirn. Und schon gräbt sie zwischen den Trümmern einer Hütte. Zuerst sieht sie einen Arm, dann ein Bein, dann zwei entsetzte blaue Augen voller Tränen: ein erst vierjähriges brasilianisches Kind. Es ist nur verletzt, aber seine Eltern sind beide gestorben.

«François, Liebster, warum adoptieren wir es nicht?»

«*Oui, mon amour:* dies wird unser erstes Kind sein.»

Dann setzt die Musik ein; am besten das Vorspiel zu *La Traviata*.

Es ist schön, so seinen Träumen nachzuhängen, und Rosa liegt gern im Bett und «spielt» krank. Schon als Kind war sie immer froh, wenn sie irgendeine Krankheit bekam. Kaum hatte sie ein bißchen Fieber, wurde sie von der ganzen Familie verwöhnt und verzärtelt. Ihr Vater, der fast immer mürrisch und wortkarg war, drückte dann seine Wange auf ihre Stirn, um die Temperatur zu kontrollieren. Ihre Mutter kochte Brühe und Huhn für sie. Sogar ihr jüngerer Bruder war wenigstens einen Tag lang etwas weniger respektlos als sonst. Kurz, nur wenn sie krank «spielte», konnte sie ihren Eltern ein Küßchen mehr entlocken. Allerdings mußte das Fieber schon mindestens achtunddreißig Grad hoch sein, sonst wurde sie nicht verwöhnt und mit Hühnerbrühe versorgt, daher versuchte sie auch alles, um das Fieber so weit wie möglich hochzutreiben, manchmal sogar mit dem Trick, das Fieberthermometer unter eine brennende Lampe zu halten.

Im Gang sind Schritte zu hören: Barbara kommt.

«Ciao, Rosa, wie geht's?» fragt sie, schlüpft aus den Schuhen und schleudert sie in eine Ecke des Raumes.

«Gut, so gut, daß ich am liebsten gleich von hier weg möchte.»

«Aber gestern hast du mir doch erzählt, wie sympathisch dir der Arzt ist!»

«Was hat das damit zu tun?» wehrt sich Rosa. «Der junge Arzt ist mir sympathisch, aber beim Film ist es doch etwas anderes. Und außerdem möchte ich wieder arbeiten ... die Leute wiedersehen ... Sie fehlen mir.»

«Auch der Professore?»

«Sogar der Professore.»

«Weißt du, was der sich heute geleistet hat?»

«Was denn?»

«Er hat sich wahnsinnig mit dem Regisseur gestritten. Es gab ein fürchterliches Geschrei. Wir drehten gerade den Schluß des ersten Aktes, die Szene, in der Violetta singt: *Ich will frei sein und mein Leben / nur im Taumel heiter genießen ...*»

«Die kenne ich genau: es ist die Szene, in der man Alfred hinter den Kulissen singen hört: *Liebe, o Liebe, du mächtige Zauberin, / die alles Leben in dieser Welt bewegt ...*»

«Ja gut, aber jetzt sing mir nicht die ganze *Traviata* vor», unterbricht sie Barbara. «Also wie gesagt, der Regisseur wollte Sanna aufnehmen, wie er von einem Balkon herunter zu singen vorgibt, und der Professore hat gesagt, daß man ihn in dieser Szene auf keinen Fall aufnehmen darf.»

«Warum?»

«Weil man seiner Meinung nach den Tenor im Finale des ersten Aktes nicht sehen darf. Was man da hört, sei gar nicht die Stimme Alfreds, sondern die innere Stimme Violettas, die um die richtige Entscheidung ringt.»

«Also du weißt ja, wie unsympathisch mir der Professore ist», meint Rosa, «aber in diesem Fall hat er, glaube ich, wirklich recht. Und auf wessen Seite war Sanna?»

«Auf der des Regisseurs. Er schrie: ‹Also jetzt habt ihr mich geschminkt, dann müßt ihr mich auch aufnehmen, und zwar in Großaufnahme, das verlange ich!› Und dann hat er noch gesagt: ‹Wenn ihr mich das nächste Mal hinter den Kulissen wollt, dann sagt mir das gefälligst rechtzeitig, dann kann ich nämlich nach Paris fahren und mich um meine eigenen Angelegenheiten kümmern!›»

«Da hat er auch nicht unrecht. Niemand weiß besser als ich, was es uns kostet, uns für eine Szene vorzubereiten! Übrigens, wer hilft ihm eigentlich beim Anziehen?»

«Die Garderobiere, diese Französin.»

«Welche Garderobiere?» fragt Rosa wie versteinert.

«Ach, hab ich dir das nicht erzählt? Als du krank wurdest, ließ Marchetti am nächsten Tag eine Garderobiere aus Paris kommen.»

«Und wie ist denn diese Schneiderin?»

«Äußerlich gar nicht so übel, vielleicht ein bißchen klein, eher so ein Typ wie Pascale Petit, aber wenn du die irgendwo auf dem Trottoir stehen sehen würdest, würdest du sie glatt für eine Nutte halten.»

«Weshalb denn?»

«Na, du weißt doch, wie diese Französinnen sind: sie plappern viel. Die ganze Zeit sagt sie: ‹*Très joli, enchantée, mon amour . . .*›»

«Auch *mon amour* sagt sie? Zu wem denn?»

«Na, zu Sanna. Aber sie meint das nicht im Ernst. Das ist nur Gerede, so wie wenn wir sagen ‹mein Herz›.»

«Gut, aber ich sage ja nicht zu einem, den ich gerade erst kennengelernt habe, und dann auch noch bei der Arbeit, einfach ‹mein Herz›!» wendet Rosa ein. «Es wundert mich ja schon, daß Alberto diese Vertraulichkeit zuläßt!»

«Ach, wenn es nur das wäre. Du weißt doch, wie er ist! Einmal hat er es auch bei mir probiert, aber ich habe ihm gleich den Kopf zurechtgerückt: ‹Mein lieber Signor Sanna›, habe ich zu ihm gesagt, ‹ich danke Ihnen für Ihr Interesse, aber ich glaube, Cavalier Marchetti würde es nicht gern sehen, daß Sie hinter mir her sind.›»

«Und war er da beleidigt?»

«Eigentlich nicht. Er hat gesagt: ‹Gut, bleiben wir also vorerst brav. Aber irgendwann einmal müssen wir uns näher kennenlernen. Dann warten wir eben ab, bis dieser Fernsehfilm hier abgedreht ist und nicht mehr alle Augen auf uns gerichtet sind.› Und dann hat er noch gesagt: ‹Du willst doch Schauspielerin werden, oder? Also dann komm mich in Rom besuchen, wenn meine Frau nicht da ist›, und streckt mir eine Karte mit einer Telefonnummer entgegen.»

«Dieser Schuft!»

Es ist schon spät. Rosa löscht das Licht und versucht zu schlafen, aber sie kann sich einfach nicht entspannen. Was diese französische Garderobiere wohl für eine Person sein mochte? Was tat sie für Alberto? Kümmerte sie sich nur um seine Kostüme oder auch sonst um alles? Machte sie ihm zum Beispiel auch das Essen? Rosa würde gern

Barbara danach fragen, aber die Freundin ist schon seit einer ganzen Weile eingeschlafen. Wieviel Uhr war es überhaupt? Halb zwei, und sie hatte nicht die geringste Lust zu schlafen. Vielleicht wäre es doch besser gewesen, sie hätte sich von dem jungen Arzt ein Schlafmittel geben lassen. Aber jetzt ist es zu spät, die Nachtschwester noch darum zu bitten. Das Schlimme war, daß Alberto es bei allen probierte, als müßte er jeder Frau, der er begegnete, unbedingt seinen Stempel aufdrücken: Und am nächsten Tag erinnerte er sich vielleicht nicht einmal mehr daran und behandelte sie wie eine Fremde, ja leugnete sogar, mit ihr irgend etwas gehabt zu haben. Rosa macht noch einmal Licht an, um auf die Uhr zu sehen: Viertel vor zwei und von Schlaf keine Spur. In ihrem Kopf arbeitet es unablässig weiter... Was war da zwischen Alberto und der Französin? Schliefen sie miteinander? Und wenn ja, wo? Im Wohnwagen während der Pause oder im Hotel... in seinem Zimmer... nachts? Der bloße Gedanke, daß Alberto ein Verhältnis mit der Französin haben könnte, ist ihr unerträglich. Sie muß es einfach wissen... sie muß Barbara wecken...

«Barbara...»

«Hm?»

«Barbara, entschuldige, aber ich muß dich unbedingt was fragen...»

Barbara antwortet nicht, sie ist sofort wieder eingeschlafen.

«Barbara, Barbara!»

«Hm?»

«Sag mir die Wahrheit: Faßt er ihr eigentlich an den Hintern, bevor er zur Aufnahme geht?»

«...»

«Barbara, ich bitte dich», beharrt Rosa. «Sag mir nur schnell eines: Hast du je beobachtet, daß er ihr morgens kurz vor der Aufnahme im Vorbeigehen an den Hintern faßt?»

«...»

«Und was macht sie? Dreht sie sich um, wenn er vorbeigeht?»

«Ja, ja, sie dreht sich um», murmelt Barbara, ohne sich überhaupt bewußt zu werden, was sie da sagt.

17
Aus diesem Lande wollen wir fliehen ...

Meinst du, es hält sich?» fragt Marchetti mit einem Blick zum Himmel.

«Die Wolken sind hoch, und außerdem hat es diesen Monat schon zweimal geregnet», beruhigt ihn der Regisseur. «Was sagt denn der Wetterbericht?»

«Was soll er schon sagen: ‹veränderlich›. Das bedeutet doch nur, daß sie es selber nicht wissen. Und ich habe hier fünfunddreißig französische Statisten, alle von Kopf bis Fuß mit Kostümen aus dem neunzehnten Jahrhundert ausstaffiert. Die kosten mich ein Vermögen, ganz zu schweigen von den Orchestermitgliedern, die sich nach Minuten bezahlen lassen, als wären sie alle Toscanini. Und wo treibt sich überhaupt Sanna herum? Warum fangen wir nicht an? Worauf warten wir denn noch?»

«Sanna ist im Wohnwagen und zieht sich an», erwidert der Regisseur. «In einer halben Stunde fällt die erste Klappe. In der Zwischenzeit probe ich mit den Statisten. Da ist ja auch der Professore.»

Gaslini nähert sich mit großen Schritten. Man sieht ihm schon von weitem an, daß er ganz aufgebracht ist. Mit ausgestrecktem Zeigefinger kommt er auf den Regisseur zu.

«War das Ihre Idee, den Umtrunk im Freien zu drehen? Und dann auch noch am hellichten Tag?»

«Das hat die Produktion so entschieden», rechtfertigt sich der Regisseur. «Aber warum protestieren Sie denn erst heute? Wenn ich mich nicht irre, haben Sie das Drehbuch schon vor drei Monaten erhalten, und da steht klar und deutlich drin: Erste Szene, Außen, Tag!»

«Und wie soll denn das gehen, wenn der Chor dann singt: *Drum leeret die Becher, und freudige Lieder, / sie mögen erklingen die ganze Nacht, / und Jubel und fröhliches Lachen ertöne, / bis wieder der Morgen erwacht*?»

«Abgesehen davon, daß ich noch nie kapiert habe, was das heißen soll», platzt der Regisseur heraus, «ist es doch vollkommen Wurscht, was der Chor singt.»

«Ja verflucht noch mal, ich möchte doch wirklich wissen, wofür ich eigentlich bezahlt werde», schimpft der Professore. «*La Traviata* fängt, wie alle wissen, mit einem Fest in Violettas Haus an. Der Autor wollte damit die lasterhafte Welt darstellen, in der Violetta lebt, und da fällt euch nichts Besseres ein, als eine Orgie zu drehen, die Schlag zwölf Uhr mittags spielt, als handle es sich hier um ein Picknick! Das *nun leeret in vollen Zügen* mitten im Sonnenschein! Dann schenkt doch wenigstens statt Champagner Coca-Cola aus, und die Sache stimmt wieder!»

«Gebe Gott, daß die Sonne scheint!» seufzt Marchetti. «Leider sehe ich nichts als Wolken, und außerdem gibt es technische Gründe, die uns zwingen, die Szene im Freien zu drehen.»

«Dann kann ich nur noch hoffen, daß ein Sturm losbricht; da hättet ihr wenigstens die gerechte Strafe!»

«Bloß nicht», stöhnt Marchetti und streckt gleich beschwörend Zeigefinger und kleinen Finger beider Hände aus. «Sie sollten wissen, daß man für eine Innenaufnahme dieser Szene Salons, Beleuchtung, Lüster, Vorhänge, Sessel und zeitgenössische Gemälde braucht, und das bedeutet in Geld ausgedrückt, daß an einem einzigen Tag hundert Millionen verschleudert werden. Die Bäume dagegen, die sind Gott sei Dank noch immer gleich wie im letzten Jahrhundert, und deshalb habe ich entschieden, daß das Fest im Freien stattfindet. Im übrigen ist es ja auch völlig gleichgültig für das Verständnis der Geschichte, wo man diese Szene dreht.»

Gaslini möchte gerade noch etwas entgegnen, als Rosa daherkommt.

«Oh, das ist ja die Rosa!» ruft Marchetti aus. «Wie geht es Ihnen denn? Wie fühlen Sie sich?»

Die Garderobiere antwortet nicht. Sie wirkt wie in Trance und scheint sie nicht einmal zu sehen. Wie eine Nachtwandlerin geht sie auf die Tür des Wohnwagens zu und versucht sie aufzumachen, rüttelt daran, aber sie ist verschlossen.

«Alberto, mach auf, hier ist Rosa.»

Aus dem Innern ist ein Gepolter zu hören, dann fällt ein Stuhl zu Boden. Sekunden, vielleicht Minuten vergehen, aber die Tür geht nicht auf. Rosa fängt an zu schreien und mit beiden Händen auf das Blech zu schlagen. Dann geht endlich die Tür auf, und Sanna erscheint halb angekleidet: sein Haar ist zerzaust, er trägt sein Kostümhemd und die schwarze Krawatte, hat aber keine Hose an. Hinter ihm taucht Juliette auf, die französische Stellvertreterin.

«Rosa? Was treibst du denn hier? Solltest du denn nicht erst am Samstag entlassen werden?» fragt Sanna verwundert.

Rosa antwortet nicht; sie schiebt ihn beiseite und stürzt sich auf die arme Französin, die noch gar nicht begriffen hat, wer hier vor ihr steht.

«Raus da!» schreit ihr Rosa ins Gesicht und deutet auf die Tür.

«*Comment? Que voulez-vous?*»

«*Kewulewu*, ich sag dir, was ich will, raus da mit dir!»

»*Je ne comprends pas . . .*»

«Du verstehst nicht, wie? Na, dir zeig ich's!» faucht Rosa und zerrt sie am Arm aus dem Wohnwagen.

«Ja bist du denn verrückt geworden!» protestiert Sanna. «Wie behandelst du denn die Ärmste? Findest du das vielleicht richtig?»

«Nein, richtig bestimmt nicht, und du weißt auch, warum!» erwidert Rosa. «Denn von Rechts wegen hätte ich dich hinauswerfen sollen und nicht sie. Anima Nera hat mir erzählt, daß dieses Flittchen, das du da engagiert hast, noch nie in ihrem Leben Garderobiere gewesen ist und daß es dieselbe ist, mit der du immer in Paris herumgebumst hast, wenn du behauptet hast, dort Einkäufe machen zu müssen. Du hast sie nur deshalb als deine persönliche Garderobiere einstellen lassen, damit du hier im Wohnwagen deine Schweinereien mit ihr treiben konntest, und das finde ich alles andere als schön.»

«Das stimmt nicht, Juliette arbeitet ganz professionell hier . . .»

«Ihre Art von Professionalität, die kenne ich!»

Sanna will noch etwas sagen, aber er wird vom Megaphon des Regieassistenten unterbrochen.

«Achtung, Achtung, wir fangen an!»

Erste Szene, Außen, Tag. Es ist die Szene, mit der *La Traviata* beginnt. Wir befinden uns in Violettas Haus, oder besser gesagt, im Garten vor Violettas Haus. Alfred stellt sich ins volle Licht und singt nach dem Playback:

> O Freunde, nun leeret in vollen Zügen
> den Kelch, den die Schönheit kredenzet,
> und ehe die flüchtigen Stunden fliehen,
> genießt diesen edlen Trank.

Alle heben das Glas, um anzustoßen, und Violetta, die ihren Alfred nicht aus den Augen läßt, antwortet:

> Wer froh das Leben genießen will,
> der soll mir stets willkommen sein.
> Jeder, der nicht dem Vergnügen sich weihet,
> wird diese Torheit bereun!

Zwischen einer Einstellung und der nächsten findet Juliette immer einen Vorwand, um sich Sanna zu nähern, ihm einmal die Krawatte zurechtzurücken und das nächste Mal mit der Kleiderbürste über seinen Anzug zu fahren. Offenbar hat sie begriffen, daß jemand ihre «Professionalität» bezweifelt und versucht diese nun unter Beweis zu stellen.

«Mein Gott, müssen wir denn dauernd diese Dreckbrühe trinken?» protestiert Sanna und deutet auf die rosa Flüssigkeit, von der er soeben getrunken hat.

Tatsächlich handelt es sich nicht etwa um Champagner, sondern um gefärbtes Wasser, was übrigens bei Dreharbeiten so üblich ist.

«Albé, was soll denn das?» tadelt ihn der Regisseur. «Du weißt doch genau, daß man bei Filmaufnahmen keinen Alkohol trinken darf, sonst lägt ihr doch nach zwanzig Einstellungen alle unter dem Tisch.»

«Mag sein, aber zwischen den einzelnen Einstellungen könnte einen so ein Gläschen schon ein wenig aufmuntern.»

«Meinetwegen», räumt der Regisseur ein und wendet sich an seinen Assistenten: «Bring Sanna ein Glas echten Champagner.»

Alberto läßt sich nicht ein, sondern zwei Gläser füllen, reicht eines davon Juliette und stößt mit ihr mit über Kreuz verschränkten Armen an. Rosa starrt die beiden bebend an: sie will nicht vor allen anderen auf ihn losstürzen, aber sie weiß schon ganz genau, was sie ihm nachher, wenn die Szene abgedreht ist, unter vier Augen sagen wird. Oder vielmehr, nein, sie wird ihm überhaupt nichts sagen, sondern ihm einen ganz harten Brief schreiben, in dem er dann schwarz auf weiß alles genau lesen kann, was sie von ihm hält.

Nicht weit von der Garderobiere entfernt steht ein kleiner Marmortisch mit zwei Stühlen. Sie geht darauf zu, setzt sich hin, reißt ein Blatt aus einem Notizbuch und fängt an zu schreiben:

Lieber Alberto,
auch wenn ich noch so sehr in meinem Gedächtnis forsche, kann ich mich nicht erinnern, mit Dir auch nur ein einziges Mal angestoßen zu haben. Dabei hätte sich in diesen fünfzehn Jahren, die wir nun gemeinsam verbracht haben, weiß Gott so manche Gelegenheit dazu ergeben. Und kaum taucht hier dieses französische Hürchen auf, da trinkst Du vor allen Leuten Hand in Hand mit der, als wärt Ihr ein frisch getrautes Paar auf der Hochzeitsreise und denkst keinen Augenblick daran, wie Du mich damit demütigst...

Genau in dem Augenblick fällt ein Regentropfen mitten auf das Blatt, auf dem sie schreibt. Dies ist nur der Anfang: Weniger als eine Minute später setzt ein heftiger Platzregen ein. Alle laufen schnell in die Villa, in der bis zum Vortag alle Innenaufnahmen gedreht worden sind, und überlassen auf diese Weise die Kameras und die mit künstlichen Speisen und Kelchen voller gefärbtem Wasser gedeckten Tische ihrem Schicksal. Rosa, die etwas weiter von der Villa entfernt ist als die anderen, flüchtet als letzte. Sie nimmt ihre Handtasche, steckt das Blatt Papier hinein, auf dem sie gerade geschrieben hat, und fängt an zu laufen. Aber dann stolpert sie über ein Kabel und fällt der Länge nach auf die Erde. Kein Mensch bemerkt dies, und so bleibt sie da wie ein Häufchen Elend liegen, während ihr ganzer Körper vom Regen gepeitscht wird. Sie spürt einen heftigen Schmerz in der Brust, ist aber unfähig aufzustehen. Sie versucht, um Hilfe zu rufen, bringt aber nur ein Röcheln hervor.

Die Sintflut dauert nicht sehr lange. Zehn, höchstens fünfzehn Minuten später hört der Regen schlagartig auf. Der Reihe nach kommt die ganze Truppe wieder heraus. Wer weiß, warum ein solcher Platzregen die Leute immer fröhlich stimmt, mit Ausnahme des Produzenten natürlich, der schnell im Kopf ausrechnet, wieviel Millionen er in diesen zehn Minuten verloren hat. Ein plötzlicher Regenguß bei den Dreharbeiten sorgt immer für heitere Stimmung. Der eine hat eine nasse Perücke bekommen, der andere hat bei der allgemeinen Flucht seine Tasche oder seinen Schal vergessen und weiß jetzt nicht, wie er sie trocken bekommen soll. Aber da entdeckt schließlich einer die Schneiderin.

«Das ist doch Rosa!»

Zwei Bühnenarbeiter heben sie hoch und tragen sie in die Villa.

«Sie wird doch nicht schon wieder einen Infarkt bekommen haben?»

«Die Arme, sie hat wirklich kein Glück.»

«Sie ist kalt wie Marmor!»

«Sie ist ja auch völlig durchnäßt.»

«Zieht ihr schnell was Trockenes an, seht ihr nicht, daß alles trieft?!»

«Was sollen wir ihr denn anziehen?»

«Irgendwas!» schreit der Regisseur. «Hauptsache, ihr trocknet sie ein bißchen ab und zieht ihr irgendein Kleid an, aber natürlich nur ein trockenes. Ja Himmel noch mal, beeilt euch doch ein bißchen, seht ihr nicht, wie sie zittert?»

Das erstbeste Kostüm in Reichweite ist das weite Hemd, das Violetta im letzten Akt trägt. Kostümbildnerinnen kümmern sich sofort um den Kleiderwechsel, während ein anderer Kollege den Arzt ruft. Rosa wird auf das Bett gelegt, und in dem Augenblick macht sich keiner klar, daß dies ausgerechnet jenes Bett ist, in dem Violetta stirbt.

Rosa schlägt die Augen auf. Sie blickt sich um und sieht die gesamte Mannschaft um sich versammelt: den Regisseur, Professore Gaslini, Cavalier Marchetti, Barbara, Anima Nera, Mario, die französischen Statisten. Nun ist sie unangefochten die Hauptfigur. Alle sehen sie an.

«Wo ist Alberto?» fragt sie mit schwacher Stimme.

Alberto ist nicht da, er hat sich während des Platzregens in seinen Wohnwagen zurückgezogen und weiß noch nichts. Jemand geht, um ihn zu rufen. Er kommt angelaufen. Rosa empfängt ihn mit einem Lächeln.

«Verlaß mich nicht», sagt sie.

Alberto kniet sich neben sie und ergreift ihre Hand. Dann wiederholt er ungewollt mechanisch alle Gesten der letzten Szene, jener Szene, in der Violetta stirbt. Er streichelt Rosa übers Haar.

«Ich sterbe», flüstert Rosa.

«Red keinen Unsinn», sagt Alberto ehrlich entsetzt. «Wir sind ja nun hier fast fertig. Nächsten Samstag verlassen wir Paris und ...»

«...*alle Sorgen werden vergehn*», zitiert Rosa aus *La Traviata*.

«...*Freuden und Leiden wollen wir teilen, / froh in die Zukunft wirst du bald sehn*», fährt Alberto fort, aber sie hört ihn nicht mehr.

Keiner sagt etwas. Manche haben Tränen in den Augen. Es herrscht tiefes Schweigen. Und jeder hat die Arie *Aus diesem Lande wollen wir fliehen* im Ohr.

Die Textstellen aus dem Libretto wurden zitiert nach der von Joachim Popelka und Georg Winkler angefertigten Übersetzung, die im Bühnen- und Musikverlag Ricordi, München, erschienen ist.

Luciano De Crescenzo
HELENA, HELENA, AMORE MIO
Roman. 320 Seiten

«Mit ‹Helena, Helena, amore mio› liefert uns Luciano De Crescenzo nicht nur einen vergnüglichen Liebesroman, sondern so ganz nebenbei auch eine sehr menschliche Beschreibung des Olymps. Wann hat die Darstellung der griechischen Mythologie je häufiger Schmunzeln hervorgerufen, wann fühlte man sich versöhnter mit der trockenen Vorlesung alter Geschichtslehrer?»

SFB, Berlin

Albrecht Knaus Verlag

Luciano De Crescenzo
IM BAUCH DER KUH
Das Leben des Luciano De Crescenzo
von ihm selbst erzählt
240 Seiten

«‹Im Bauch der Kuh›: De Crescenzo beichtet sein Leben unter diesem Titel. Pointe auf Pointe im Sturm südländischer Gefühle. Zum Schieflachen!»

Express, Köln

Albrecht Knaus Verlag